LE VIEIL INCENDIE

DE LA MÊME AUTEURE
AUX ÉDITIONS ZOÉ

Hiver à Sokcho, 2016
Prix Robert Walser, Régine Desforges, SGDL, Alpha, National Book Award 2021

Les Billes du Pachinko, 2018
Prix suisse de littérature, Prix Alpes-Jura

Vladivostok Circus, 2020

CHEZ D'AUTRES ÉDITEURS

Hiver à Sokcho, Folio Gallimard, 2018

Le regard du lièvre, photographies de René Lièvre, Éditions d'autre part, 2018

Les Billes du Pachinko, Folio Gallimard, 2020

Vladivostok Circus, Folio Gallimard, 2022

Le Colibri, La Joie de lire, 2022

ELISA SHUA DUSAPIN

LE VIEIL INCENDIE

ZOE

L'auteure remercie La Maison du Goupillou,
résidence d'écriture francophone,
ainsi que la Fondation Jean-Luc Lagardère,
dont le projet de ce roman est lauréat.

www.editionszoe.ch
Maquette de couverture : Notter + Vigne
Illustration : © Elisa Shua Dusapin
ISBN 978-2-88907-246-0

*Les Éditions Zoé bénéficient du soutien de
la République et Canton de Genève
et de l'Office fédéral de la culture.*

Pour mes sœurs

6 NOVEMBRE

À cause de la pluie, j'ai manqué le panneau du village. Elle a brouillé les vallons, effacé les ornières, j'ai fini par progresser à l'aveugle et m'arrêter sur le bas-côté. Toute cette eau qui s'abat sur le capot. La tempête a commencé hier. Je n'ai croisé personne depuis la sortie de l'autoroute. Même si la radio recommandait de ne pas prendre la route, je n'avais pas le choix. Il est dix-sept heures, le ciel anthracite. Je n'ai pas réussi à régler l'inclinaison du siège. J'attends, très droite, abrutie par le fracas. Au moins, la camionnette a l'air solide. On dirait un véhicule de voirie, couleur plasma. J'ai insisté sur l'aspect pratique au service de location.

Une heure passe. Enfin les trombes s'atténuent. Je redémarre. Le GPS m'enfonce dans la forêt. Bientôt, ni pluie ni lumière ne transpercent le toit végétal. J'allume les grands phares. Le volant colle. Je roule sur des kilomètres au ralenti, devinant le chemin entre les pistes sous les ronces, jusqu'à déboucher au pied d'une pente raide. Un peu plus haut, le portail est ouvert. Pour la première fois, je refais les gestes de mon père. Je passe en première, accélère, les roues patinent dans la rocaille mais elles tiennent bon, je coupe le moteur devant la maison. L'ampoule automatique s'allume. Un lapin fuit.

La bâtisse a l'air fatiguée, le toit affaissé sur les briques comme un géant asphyxié par le lierre. Une voiture est garée sous le noisetier. La fougère écartèle les marches du perron. Par la fenêtre, je devine de la lumière. Je me plaque contre l'œillet de sécurité, recule aussitôt. Je ne m'attendais pas au visage de ma sœur, front énorme, sourcils écartés, yeux de poisson, ma sœur enflée par cette loupe que mon père prétendait avoir délibérément installée à l'envers. D'après lui, nous n'avions rien à craindre ni à cacher, nos richesses étaient intérieures et le monde entier devait savoir que les plus belles personnes vivaient ici.

— Salut.

Ma voix a sonné plus fort que prévu. Véra répond par un sourire trop grand pour sa bouche. Elle me prend la valise des mains, la pose en bas des escaliers dans la cuisine. Je retrouve le sol de pierre, les meubles en bois, la porte de la salle de bains dans l'ombre de la cheminée. Je ne l'avais pas connue ainsi, l'âtre bouché par des livres. Au-dessus de la table, une cage à oiseaux remplace le luminaire. Des fromages s'entassent derrière les barreaux.

Véra me montre les escaliers puis se désigne au plan de travail, je dois m'installer pendant qu'elle termine la préparation du repas. Je l'ai connue bordélique. Je la complimente. Elle écrit sur son téléphone, me montre l'écran :

« C'est pour bien t'accueillir. »

Je réponds un peu sèchement que nous sommes sœurs et c'est aussi chez moi, passons-nous de ce genre de politesse. Elle allume le gaz d'un geste précipité. Je ne peux m'empêcher d'ajouter :

— Surtout qu'on ne va rien garder.

L'escalier chuinte sous mes chaussettes. Je dois prendre garde à ne pas glisser. La chambre de nos parents est entrouverte. Je reste sur le seuil, dans le courant d'air de la porte-fenêtre mal isolée. Parquet noir. Au cœur de la pièce, le grand lit, la nudité du matelas, pas de draps ni de couverture. Je me demande encore comment mes parents pouvaient dormir sans paroi derrière la tête. Je referme la porte, vaguement soulagée. Je ne sais pas ce que j'appréhendais le plus, dormir dans ce lit, ou partager notre chambre avec ma sœur maintenant que nous sommes adultes.

Son parfum sucré me prend la gorge. Elle a conservé nos lits superposés. Ce soir, leur vision me chagrine. Le fer forgé paraît trop fin pour nous supporter. La commode et le bureau sont à leur place, aussi joufflus qu'avant, peinture saumon. Je m'assure de capter internet. Je vais passer neuf jours ici, dois pouvoir communiquer avec mes collègues. Le réseau n'affiche qu'une seule barre. Parfois elle disparaît.

En me penchant à la fenêtre, j'aperçois la camionnette. Sa couleur orange me fait rire. On dirait un gros bourdon. Elle détonne autant que ma sœur et moi réunies pour la première fois depuis le décès de mon père, il y a cinq ans.

Véra a servi du vin dans les verres en cristal. Tendue par ce cérémonial, je dis que je ne bois pas. Elle hausse les sourcils, reverse le vin dans la bouteille, ça coule, j'essuie avec mon pull puis le retire, j'ai chaud. La vaisselle en bambou m'est étrangère. Avec fierté, Véra me montre l'emballage du fromage orné de châtaignes, puis la cheminée : c'est un fromage fumé. Je chasse la pensée qu'il est au lait cru. Elle a préparé une salade d'endives avec figues et noix. Je lui demande si elle a réfléchi à notre façon de procéder ces prochains jours, moi pas, j'ai été très occupée. Elle pianote :

« Bravo pour ton prix. »

Je murmure que c'est gentil.

Je ne sais pas ce qu'elle sait des films que j'ai écrits. Le dernier vient d'être récompensé dans un festival italien, je n'ai pas pu m'y rendre et de toute façon, je ne l'avais pas invitée.

— Tu as des nouvelles d'Octave ? je demande d'une voix que j'aimerais neutre.

Elle hoche la tête, bien sûr, elle montre les figues, les noix, ça vient de lui… Je la coupe. Je dis qu'en ce qui me concerne, il n'y a rien que je veuille garder. Qu'elle fasse son tri, nous déposerons le reste à la décharge. Ses doigts se crispent sur son téléphone. Du menton, elle désigne l'armoire, la cuisine, la salle de bains. Je lève les yeux, nous n'allons tout de même pas fouiller là-dedans? Son visage s'illumine dans le rétroéclairage de son écran:

« Comme tu veux. »

Je me radoucis. C'est que j'ai du travail. J'ai pris du retard. Il va falloir que je m'isole pour écrire. Avec une simplicité qui me décontenance, elle me remontre l'écran:

« Comme tu veux. »

Puis m'interroge sur mon actualité. J'évoque le dernier mandat, l'adaptation du roman de Georges Perec, *W ou Le souvenir d'enfance*. Véra ponctue mes phrases par des sourires. Je feins la nonchalance en évoquant le prestige de la production, la renommée des acteurs pressentis, celle de mes coscénaristes. Nous devons créer six épisodes. Le tournage est prévu dans deux ans. Véra applaudit. Je nuance. Adapter ce texte n'est pas simple. Et je ne suis que dialoguiste. Je commence à présenter Perec, elle hoche vivement la tête, elle sait, elle a lu *La Disparition*.

— Tu lis?

Elle fait signe que c'est évident.

— Je ne sais pas, mon père…

Silence.

— Je veux dire papa. Il ne m'avait pas dit.

Sans se départir de son sourire, Véra me sert les dernières figues. J'avais quinze ans, Véra douze, quand je suis partie aux États-Unis. Le séjour devait durer le temps du lycée, dans une famille d'accueil. Véra ne parlait plus depuis longtemps. Elle apprenait à lire et à écrire, mais je ne la pensais pas à ce point capable.

— Et toi, ça va ? je demande, réalisant que je ne lui ai posé aucune question depuis mon arrivée.

Nos derniers échanges remontent à l'an passé, pour son déménagement à Périgueux. Jusqu'alors, elle avait vécu ici avec mon père, même après sa mort. Je l'ai aidée à distance. Le studio était déjà meublé, elle ne voulait rien emporter de notre maison d'enfance sans mon accord. Maintenant que sa vente est signée, Véra comptait sur ma venue pour la vider.

Je lis par-dessus son épaule. Elle a un geste agacé, je dois lui laisser le temps. Je lui demande pardon, me ressers de salade.

À la suite d'un remaniement parcellaire, notre maison n'est plus considérée comme une métairie du château voisin, le Pigeon Froid, de la famille d'Octave. Les normes de sécurité ont changé. Pour leur obéir, nous devrions revoir le toit, le chauffage, le système électrique, nous n'avons pas les moyens, avons accepté l'offre d'un camping qui va raser. Octave souhaite récupérer nos pierres pour la réfection du pigeonnier.

Véra me montre l'écran. Le travail en boutique l'ennuyait. Elle se forme en stabilisation florale.

— En stabilisation ?

« Je fais des fleurs qui ne fanent pas grâce à la chimie. »

Je prends l'air inspiré.

— Et ça marche ?

« Ça dépend des fleurs. »

Je précise, je parlais du commerce. Elle hausse les épaules :

« Les gens ne veulent plus s'embêter. »

Nous débarrassons la table.

— C'est vrai que les fleurs ne poussent pas en novembre, finis-je par dire platement.

Véra ne tarde pas à se coucher. Je reste au salon, pénétré par la nuit. Les lampes à pied font des demi-pénombres chaleureuses mais je ne suis pas à l'aise. Les fenêtres n'ont pas de rideaux. Je vois mon reflet sur le canapé cerclé de noir, dans le ronron du réfrigérateur, l'odeur du fromage que Véra a remis dans la cage. Je me sens oppressée par la cheminée bouchée, les tournesols de Van Gogh punaisés par dizaines. Mon père collectionnait les affiches de théâtre et d'expositions d'art. Il n'allait pas les voir et n'accordait pas d'importance au nom des artistes, mais choisissait les images les plus colorées pour en barder la maison.

Je me sens lasse face au grand débarras. Si nous mettions le feu aux livres, il ne resterait que les pierres, ce serait le plus simple, étant donné qu'elles sont tout ce qu'il nous est demandé de préserver.

Je remets le tri des e-mails au lendemain et passe la soirée à traîner sur mes messageries instantanées, inquiète du silence d'Irvin. C'est bientôt le soir à New York. Il aurait eu le temps de m'écrire. Je suis tentée d'attendre qu'il se manifeste en premier, me trouve puérile, lui souhaite une bonne nuit, je suis bien arrivée. J'hésite. Ajoute qu'il me manque.

La salle de bains est fidèle à mon souvenir. On dirait une caverne, sol et murs de pierre brute. Véra m'a préparé une serviette, bien pliée sur le buffet. Il m'a toujours dégoûtée avec ses trous de vers, même s'ils sont traités. Elle a retiré ses bijoux. Style ethnique, plumes, coquillages. J'ouvre un tiroir. Il est plein d'ambre, colliers, broches. Je repousse du pied le tapis mouillé, entre dans la cabine de douche et fais disparaître des cheveux de Véra dans le siphon. J'espère ne pas le boucher.

Je reste longtemps sous l'eau brûlante. Mes cheveux gardent la trace de l'élastique, ils ont séché avec la chute des hormones. Je ne sais pas quand reviendront mes règles. Je me tourne vers la pierre. J'ai encore le réflexe de chercher un appui quand je suis nue, de ne pas baisser les yeux sur ce bas-ventre qu'Irvin prétend ne jamais voir gonflé. D'après lui, c'est dans ma tête. Il veut me rassurer. Ce n'est pas sa faute. Il ne l'a pas vu se vider le long des jambes, rougir l'eau puis disparaître dans le tuyau. Il ne sait rien de mon corps.

Moins j'essaie de faire de bruit, plus les marches craquent. La chambre baigne dans la lumière verdâtre de nos téléphones en train de se recharger. Seule la tête de Véra dépasse de la couverture, les mains en dôme sur la poitrine. Ses habits en boule sur la commode. L'échelle couine, les draps crissent. Bercée par l'odeur de lessive, je m'endors dans l'instant.

7 NOVEMBRE

Je procède par catégories. Objets à détruire, à donner. Je ris de me voir appliquer les conseils d'influenceurs en matière de rangement. La fenêtre laisse passer une lumière froide. Les araignées fuient. Elles ne tissent pas de toile mais s'accrochent dans les recoins, autour du four. J'élimine les mortes au fond des casseroles. J'ai commencé par la cuisine, qui me semblait la pièce la plus neutre. Dans un grand sac poubelle, je jette les produits périmés. Moutarde, concentré de tomate. Un pot de masse blanche, de la graisse de canard. Un étage entier est dédié au fromage. Le frigo se rétracte face à mes assauts. Il faut dégivrer le compartiment à congélation. Le plastique se fissure. Dans le bac à légumes, des pommes de terre ont germé. Véra n'est revenue qu'une fois par mois depuis son déménagement. L'odeur du fromage me soulève le cœur. Mes gestes sont rapides. Confitures moisies, restes de beurre, herbes aromatiques flétries.

Véra s'occupe de notre chambre. Je suis mal à l'aise de la savoir dans les parages. Je surveille ses bruits. Tout à l'heure, elle est descendue se faire du café, je reniflais de la compote, elle m'a demandé si j'en voulais aussi et ne sachant si elle parlait de la compote ou du café, j'ai mis le pot dans la poubelle comme un lapin pris dans les phares se jette sous les roues.

Véra aussi avance. À ce rythme, j'ai peur que nous ayons trop de temps pour nous. Que ferai-je avec elle encore six jours ? J'essaie de ralentir.

Le fouillis de la cuisine ressemble à Véra. Je le préfère à la netteté du salon quand je suis arrivée. De l'huile a coulé. Je nettoie les fonds graisseux, les amas gluants. En passant le chiffon au fond d'un placard, je sens la paroi bouger. Je presse plus fort. Elle se détache, se retire facilement. Elle recouvrait un espace grand comme un cageot de pommes, creusé dans la fraîcheur de la pierre. Il est plein de paquets de sucre et d'alcool fort. J'appelle Véra. Elle aussi ignorait l'existence de ce renfoncement. Pense-t-elle que notre père… Elle secoue la tête, probablement pas. C'est vrai que je ne l'ai jamais vu boire.

— Et maman ?

Véra reste songeuse. Je saisis une bouteille. Liqueur de coing. Je veux la mettre à la poubelle, elle me retient, nous mime buvant au goulot.

Je fais non de la tête mais la repose et ferme la cachette. Au fond de l'évier, des morceaux de confiture se mêlent à l'eau grisâtre. Je dois plonger tout le bras pour les ramasser.

Véra semble impressionnée par mon tri. Elle me regarde, tire sur son pull et montre les escaliers : je dois jeter un œil à mes habits.

— Je les donne.

Elle insiste. Je la sens qui me regarde monter. Ce regard me pèse, il donne de l'importance à un geste qui n'en a pas à mes yeux.

Mon côté de la commode est resté tel qu'avant les États-Unis, quelques pulls en moins. J'essaie quand même un jeans. Par jeu. Mon père avait reprisé un trou en y collant un patron à motif de fleur, avec une casserole d'eau bouillante. Je me surprends à m'être affinée. Alors que j'ai pris du poids ces derniers mois, cela plaît à Irvin, ce qui me rassure et m'angoisse à la fois. Je mets le jeans dans un sac en plastique, fais de même avec les pantalons de flanelle, une matière que je n'ai plus jamais portée, pyjamas de coton, t-shirts et pulls en laine. Je commence à farfouiller avec l'impression grandissante de chercher quelque chose.

— Ils sont où, mes costumes de patinage ? je demande à Véra en redescendant chargée de sacs.

Elle hésite, un geste vague de la main.

— Tu les as jetés ?

Elle hausse les épaules en remontant à l'étage : je lui aurais dit d'en faire ce qu'elle voulait.

Une casserole s'égoutte sur la gazinière. Des araignées se dandinent le long du manche et vont se cacher sous les meubles.

Nous sortons dans l'après-midi. En traversant le potager, on atteint les sentiers forestiers. Le framboisier se courbe encore des trombes de la veille. Comme les fanes de carottes et de radis. Véra se réjouit, nous aurons de quoi faire.

— On peut toujours manger des pâtes.

Véra se tapote le ventre. Elle fait attention au gluten. Jetant un œil à son abdomen, tenu par le sport qu'elle a visiblement continué de pratiquer, je lâche que je n'en peux plus de ces modes, elles s'enchaînent à New York, lait de chanvre, graines, toast avocat. Elle acquiesce avec lenteur.

Le sentier court le long du ruisseau. L'orage a précipité la chute des feuilles. Sol orange et rouge, dominé par les chênes pubescents. J'écrase des limaces en glissant dans mes vieilles bottes, achetées une taille au-dessus selon le vœu de mon père, je risquais encore de grandir. En fin de compte, mes pieds ont rapetissé à cause des talons que je porte hauts dans la ville.

La végétation se densifie jusqu'à former un tunnel, nous devons nous baisser. Véra dégage les ronces à l'aide d'un sécateur et d'un bâton. La couperose ressort sur ses joues. J'essaie de chasser la pensée que c'est moche. Elle porte une veste de patchwork marron, je la confonds avec les troncs.

Je me sens contrariée. Je n'ai pas le souvenir de l'avoir autorisée à se débarrasser de mes affaires de patinage. Pourtant je ne les aurais pas reportées. Je ne sais pas comment j'ai pu astreindre mon corps tant d'heures par semaine, sur la glace, chevilles tordues en équilibre sur les lames, tendons brûlés, dans la musique trop forte.

Les entraînements avaient lieu dans une structure installée pour l'hiver en zone industrielle de Périgueux. Le reste de l'année, nous maintenions nos acquis par de la gymnastique artistique et rythmique. J'avais commencé à huit ans, tard pour cette discipline. Je rêvais d'intégrer le club de Limoges ou d'une ville plus au nord. Je prenais le premier bus à six heures, pour patiner seule avant l'école, puis le cours collectif du soir, avant d'attendre le bus sur le parvis de la cathédrale. Parfois, j'entrais faire mes devoirs à la lumière des cierges. Quand il en manquait, j'en allumais sans les payer.

Nous arrivons à l'étang, dans la combe. Sa surface très lisse est noircie par la tourbe. Le vent ne descend pas jusqu'ici. Près de la rive, des rochers émergent en archipel. Sur l'un d'entre eux, une femme de pierre s'accroupit, le visage penché vers l'eau. Le château nous surplombe. Recourbé sur lui-même, on dirait un escargot, la tour et le pigeonnier comme des antennes. Nous prenons un raccourci dans la falaise, par des galeries naturelles qui ont probablement été des cluzeaux. La pente est bien plus raide que le sentier carrossable. Véra sautille pour éviter la boue. Son énergie m'étonne. Je ne parle pas. Qu'elle ne voie pas mon souffle court.

Après le portail, les haies mériteraient une taille. Potager en friche. Les portes ouvertes de l'écurie laissent voir des box avec une voiture et deux ânes, les oreilles du second curieusement étriquées.

La grande silhouette d'Octave se détache dans un imperméable vert. Véra trotte à sa rencontre. À leur embrassade, je mesure leur complicité. Je reste en retrait, frappée par sa taille. Octave a cinq ans de plus que moi. Je l'ai toujours connu grand mais à trente-cinq ans, il me paraît inatteignable, Véra minuscule dans ses bras. Il se tourne vers moi :

— L'Américaine, enfin !

Je n'ai pas le temps de m'en défendre, il nous mène à la tour. Elle vient d'être rénovée. Au passage, je jette un œil sur le pigeonnier. Je ne l'avais jamais vu ainsi, drapé de blanc derrière des échafaudages. Un disloqué convalescent.

Un courant d'air humide sort de la cage d'escalier. Octave nous demande de prendre garde aux marches, plus étroites que ne laisse penser l'épaisseur des murs. Il nous devance. Nous échangeons des banalités. Il en sait un peu sur moi grâce aux médias et aux réseaux sociaux. J'apprends qu'il collabore avec l'université de Limoges en tant qu'archéologue environnemental. Je ne connais pas cette discipline.

— En résumé, c'est l'étude des interactions entre les sociétés humaines et leur environnement. On cherche à comprendre celui du passé, les impacts qu'il a subis et la réaction du vivant. Qu'il soit végétal, animal ou humain.

Il se retourne pour ajouter :

— Tout ça bien sûr pour essayer de comprendre ce qui se passe maintenant.

Le premier étage sert d'entrepôt au matériel de pêche. Véra parcourt les bocaux de vers séchés, soupèse les cannes, passe le doigt sur la lame d'une hache qui doit dater du Moyen Âge.

Je monte au deuxième étage. Octave m'emboîte le pas. Plafond haut, cheminée condamnée, citrouilles au pied d'un mur. Une chauve-souris de plastique s'est détachée d'un fil suspendu à une poutre. Octave grimace, sa fille voulait une fête pour la Toussaint, il n'a pas eu le temps de ranger. Un matelas repose sur des palettes, quatre cannes à pêche plantées dans les coins. Il a tenté de faire un baldaquin. J'essaie de le voir en tant que père, feins l'indifférence, demande l'âge de l'enfant.

— Cinq ans.

— Elle n'est pas là ?

— Elle est en vacances avec sa mère.

Il passe la main sur son visage, comme pour effacer quelque chose. Les interstices dans le plancher laissent entrevoir Véra. Elle se penche encore sur les bocaux. Je vais à la fenêtre. Le verre s'est fendu. J'aperçois l'étang, la statue.

— J'ai commandé des vitraux, dit Octave.

Je plaisante sur le nom du château, le Pigeon Froid. Il a un sourire doux :

— C'est sûr, il y a plus attirant.

Véra nous rejoint. Nous allons sous les combles. Octave veut me faire voir la rénovation des mâchicoulis. Ouvertures vertigineuses. La tour date du XIIe siècle, c'est l'une des plus anciennes de la région. Il m'explique sa fonction de défense, ne s'adresse qu'à moi, Véra sait tout cela. Moi aussi. Je suis un peu vexée. Il devrait s'en douter, il venait souvent chez nous pour emprunter des livres à mon père.

Je m'agenouille, j'ai le vertige. La campagne brunie sous le soleil froid, le village, bâtiments épars comme le piquetage d'un terrain de fouilles. D'après Octave, il vient d'atteindre son seuil le plus bas de trente-trois habitants, y compris les paysans et les artisans de l'usine Hermès et des coutelleries de Nontron. L'école a fermé. Mais la fromagerie fournit des restaurants gastronomiques jusqu'à Sarlat, Rocamadour.

Le pigeonnier nous apparaît de l'autre côté de la cour. Vu de l'extérieur, à part les échafaudages, rien ne laisse deviner qu'il a brûlé. C'était il y a cent ans. Personne n'a su pourquoi. Mon père nous en parlait beaucoup. Il avait plein d'hypothèses. Je n'y suis jamais entrée. La porte restait condamnée. J'imagine les oiseaux qui n'ont pas pu s'envoler. J'ai des pensées macabres, est-ce qu'on a retiré les squelettes, des cendres de chair tapissent-elles le sol en guise de paille ?

Dans la combe assombrie par la fin du jour, l'étang s'est fondu. On ne distingue plus que la statue, la nuque brisée par la perspective, elle n'a plus l'air de contempler l'onde mais de chercher notre regard.

Véra m'effleure la manche pour m'enjoindre de partir. En regardant mieux l'écurie, je réalise que l'âne aux oreilles courtes est un lama.

Ce soir, je me couche avant Véra, et travaille dans le lit. Mes e-mails se sont accumulés. Connexion intermittente. Nous sommes six coscénaristes. Je n'ai rencontré personne. En début de mandat, je leur ai proposé une séance de travail autour d'un repas. Tout le monde s'est exclamé que c'était une excellente idée. Après six mois, personne n'a réagi sur mes propositions de dates et je me suis faite aux échanges à distance.

Le roman est construit en deux parties alternées. L'une autobiographique, où Perec dresse l'inventaire de ses souvenirs d'enfance durant la Seconde Guerre mondiale. L'autre est le récit d'une île fictive dédiée au sport, qui apparaît peu à peu comme la métaphore des camps de concentration dans lesquels ont péri ses parents.

Je relis mes idées d'avant mon départ. Elles sont moins intéressantes que je ne croyais. À travers le cadran de la fenêtre, la lune strie le plafond. Je savoure le silence. Je ne m'habitue pas aux sirènes de New York. Une araignée a un spasme au-dessus de ma tête. Je n'aurais qu'à tendre le bras pour la toucher. Chez moi, je n'en vois pas. Je la surveille, de peur qu'elle ne tisse un fil jusqu'à mon visage. À cause des araignées, Véra occupe le lit du bas. Nous avons dormi ensemble de plus en plus souvent, à mesure que les tensions montaient entre nos parents.

— Véra, tu verras, tu verras, ça ira…, je psalmodiais en la serrant dans mes bras, sans bien savoir qui je voulais rassurer le plus.

J'ai de la peine à me rappeler que nous avons été indissociables. Nous avions les mêmes timidités. Les mêmes craintes de la vie sociale. On ne se chamaillait pas. Notre langue de silence et de cris nous a réunies.

Comment ça a débuté, je ne me rappelle pas bien. Véra avait six ans. Nous étions à table, mon père, elle et moi. Notre mère absente pour le travail. Mon père a posé une question à Véra, qui n'a pas répondu. Nous avons dû croire à un caprice. Mon père s'est impatienté. Véra s'est mise à souffler fort, le visage tordu. Des sons étranges ont commencé à sortir de sa bouche, mélange de gémissement et de glouglou. Un étranglement. Aucun mot n'est jamais plus venu. Je ne sais pas pour elle mais depuis l'anesthésie péridurale, j'ai compris la peur de ne pas sentir qu'on respire, on croit mourir, on perd conscience.

Véra n'a jamais rapporté de traumatisme physique ni émotionnel. D'après les médecins, le plus probable reste la rupture d'anévrisme, même si c'est rare chez les enfants. L'orthophoniste nous a expliqué les différents cas de figure, l'aphasie peut prendre autant de formes que de personnes atteintes. Certaines comprennent l'écrit mais ne prononcent plus rien de cohérent, d'autres disent « sapin » à la place de « patin », ou bien ne se rendent pas compte que leur propos n'a rien à voir avec ce qu'elles croient exprimer, « j'ai froid » pour dire « je t'aime ». Pour l'entourage, l'attitude à adopter reste la même : être patient, poser des questions simples auxquelles on puisse répondre en faisant oui ou non de la tête, parler lentement sans terminer les phrases à la place de l'aphasique, ni corriger ses erreurs. Mais comment faire, avec une enfant, comment différencier ce qui relève du handicap ou de l'apprentissage normal ? Mon père a demandé si la raison pouvait être psychologique. Probablement pas. Cette incertitude reste, je crois, le plus douloureux pour moi. Je n'ai jamais pu cesser de soupçonner Véra de me couper délibérément l'accès à son intérieur.

8 NOVEMBRE

Réveil avec le soleil, tête refroidie par le peu de chauffage. Un instant, j'ai cru entendre les pas de mon père. Je reste emmitouflée. Quand je rouvre les yeux, je me penche par-dessus la rambarde. Véra n'est plus dans son lit. Sa couverture lissée. J'ai un sursaut en voyant qu'il est onze heures, frissonne sur les paliers de métal.

Sur la table, je trouve une assiette propre, un pot de miel et du pain au levain emballé dans un chiffon. Les chaussures de Véra ne sont plus dans l'entrée. Je m'y prends à plusieurs fois pour allumer le gaz, n'ai plus l'habitude, me brûle l'index. Je le passe longtemps sous l'eau froide. L'odeur de fromage s'est accentuée.

Je remonte m'installer dans la chambre, où je peux fermer la porte. J'aurais aimé que Véra m'avertisse de son absence. Même à Irvin, je demande de m'informer de son programme car je ne peux pas écrire si je risque d'être interrompue à tout moment. Je déplace le bureau face à la fenêtre. Le marronnier se ramifie en cinq doigts, qui moussent vert-de-gris. Toutes les feuilles sont tombées sauf à de rares extrémités, où s'accroche une feuille étrangement verte pour la saison. Je me demande s'il s'agit d'une pousse jeune ou d'une ancienne très vigoureuse.

Nous travaillons sur l'épisode quatre. Il s'y passe un événement crucial. L'athlète autour duquel se construit l'intrigue vient de remporter une victoire sans savoir qu'elle signifie sa mort. L'enjeu repose sur la création d'une émotion sans pathos. J'écris en anglais. On ne veut pas de sous-titres dans la version originale. Pour la diffusion francophone, le texte sera sous-titré par des traducteurs professionnels.

Gênée par la brûlure, je renonce au clavier, visionne des entretiens de Perec. De biais dans l'écran, il apparaît simple, souriant. Il parle de son procédé d'écriture. On lui demande de lister vingt-cinq choses qu'il aimerait faire avant de mourir. Au moment de l'enregistrement, il ne sait pas qu'il va mourir trois mois plus tard. Je mets la vidéo en pause. Il vient de dire qu'il croit n'avoir aucune imagination, mais cherche à en trouver. Je griffonne quelques mots clés sans conviction, me refais du café.

Plus tard, en manteau, je m'installe sur la terrasse avec du fromage et des noix, assise sur une pierre contre le mur. Soleil au zénith. Mon visage se réchauffe.

Une procession de fourmis s'étire près de la porte, longe le mur jusqu'à un trou dans la cheminée. Elles transportent des graines. Je les fixe en mangeant, fascinée, tout en me demandant comment les faire partir.

Après la vaisselle, je travaille à la table du salon pour guetter le retour de Véra.

En milieu d'après-midi, je me décide à lui envoyer un message.

« Chère Véra. »

Trop formel.

« Salut Véra. »

« Véra. »

Je repose le téléphone. Tu es scénariste, incapable d'écrire à ta sœur.

Je reprends le scénario. Quand je m'aperçois que je relis pour la troisième fois la même séquence, je rabats l'ordinateur et pars à sa recherche.

Je retrouve sans difficulté le sentier que nous nous sommes dégagé dans le sous-bois, entre les pistes animales, plus nerveuses. La terre commence à sécher. En baskets, je progresse plus rapidement. Je prends le raccourci des cluzeaux, m'agrippe à des branches pour ne pas glisser dans le ravin. La montée m'éreinte. Je ne pensais pas autant manquer d'exercice. Les nausées m'empêchaient tout. Je m'enfonce dans une galerie calcaire. Saucisson et Coca Cola dans un repli : une réserve de chasseurs.

J'arrive dans le coin du pré où se trouve la sépulture de la grand-mère d'Octave. Son mari disparu pendant la guerre, elle s'est fait inhumer en direction du château, vers sa chapelle privée. La tombe domine les buissons. Ils sont nains par ici, le champ bosselé de cailloux dans une terre peu profonde, comme si toute une vie s'agitait en dessous d'un voile minéral.

Au bout du pré se trouve l'étang.

Je m'en doutais. Je repère Véra sur le bord. Je ne l'ai pas reconnue tout de suite à cause de son manteau. Elle marche en balançant les mains. Elle s'arrête, se penche à la surface de l'eau, reprend sa démarche étrange, capuchon sur la tête en forme de museau.

Je fais demi-tour et ferme la porte à clé.

Je l'ai entendue arriver dans la cour. J'ai ouvert au deuxième coup car l'œillet de sécurité me la rendait minuscule, je croyais qu'elle aurait des mètres encore à parcourir. Elle veut savoir si j'ai bien travaillé. Je lâche qu'elle aurait pu me prévenir de son absence. Elle prend l'air étonné, mime le geste d'écrire sur son téléphone et pointe le mien. Je secoue la tête, je n'ai pas reçu de messages. Pendant qu'elle retire son manteau, je vérifie quand même. J'ai un peu honte. Elle m'a bien écrit, juste avant que je sorte. Je n'avais pas désactivé le mode silencieux. Elle me donne un pot de confiture de la part d'Octave.

— Il fait des confitures ?

Les fruits se collent en gros morceaux contre le verre, marron clair, consistance du sable mouillé, peut-être un mélange de figues et de fraises. Je les visualise tous les deux, au château, m'acharne sur le couvercle. Véra s'est penchée sur les fourmis. Elle non plus n'avait pas vu. Nous nous interrogeons. Comment les faire partir sans les tuer ? Elle va prendre un citron, coupe une moitié, la presse le long de la file et pose la chair à l'angle de la porte. Je lui demande comment elle sait ça. Elle se redresse.

« Papa m'a appris. »

Une nouvelle fois, elle me montre son téléphone avec cette mimique de l'évidence qui me rend nerveuse. Micro pagaille à nos pieds. Au contact de l'acidité, les fourmis s'excitent, leurs chargements s'effondrent, elles se heurtent, s'écartent, certaines s'éloignent loin des autres sur le carrelage comme les maillons d'une chaîne éclatée.

Je ne sais pas quel a été le quotidien de Véra avec mon père, comment ils ont appris à communiquer sans moi. Je ne la questionne pas car il faudrait évoquer mon départ.

Mon père me téléphonait pour m'informer des progrès de Véra. Presque tout notre échange la concernait. Je ne disais rien de moi. Je sentais bien qu'il n'osait pas m'interroger, mais ne raccrochait pas. Il me parlait des grottes, du nombre de visiteurs, de l'écart de température entre les treize degrés sous la terre et le plein air, tenaillé par les vents venus d'Auvergne et d'Atlantique. Puis d'un ton chevrotant, comme à regret, il voulait savoir comment j'allais. Tout allait bien. J'aimais percevoir sa tristesse dans mes réponses laconiques. Mais je me sentais coupable et j'ai parlé de moins en moins, ses appels se sont espacés jusqu'à ce que je n'y réponde plus. Pendant des années, nos échanges se sont bornés à trois ou quatre e-mails par an, pour nous souhaiter bon anniversaire ou joyeux Noël. Mon père ne parlait plus de lui ni de Véra, mais de la maison : « tout va bien à la maison », « la maison va bien », « il fait un peu humide au salon », « j'ai taillé le lierre sur le toit », « on a des carottes dans le jardin », « on a retrouvé les traces d'un sanglier devant la porte ». Je crois que lire ce « on » m'empêchait aussi de répondre. En fin de message, invariablement, il demandait comment j'allais, et je répondais : « Tout va bien. » Je n'avais pas de contact direct avec Véra. La dernière fois que j'ai échangé avec mon père, c'était par téléphone. J'ignorais qu'il était malade. J'étais en visioconférence professionnelle, me suis écartée, étonnée de son appel. Il s'excusait de sa voix caverneuse. Il voulait savoir comment je me sentais. J'ai répondu comme d'habitude. J'étais fâchée d'avoir cédé et répondu, mais j'avais rencontré Irvin, j'étais amoureuse, je ne pouvais m'empêcher de l'exprimer. J'ai parlé d'Irvin et des succès dans mon travail. Il a laissé un silence avant de dire doucement :

— Tant mieux.

Il a ajouté que j'avais de la chance de vivre tout ce que je vivais. Il était très heureux pour moi. Puis il a dit mon prénom. Il était heureux pour moi, Agathe. Il n'avait jamais fait ça. J'ai eu l'impression qu'il s'adressait à une autre. À la maison, il nous avait toujours appelées « les filles », même s'il ne parlait qu'à moi. Je n'ai pas pu continuer de mentir. Pour la première fois, je me suis plainte. J'ai raconté comme c'était dur, New York, les autres, le travail. Il a soufflé simplement :

— Je suis désolé.

J'ai balbutié :

— T'inquiète.

Il a raccroché. Je n'ai pas rejoint la réunion, j'ai pleuré pendant dix minutes. Trois mois plus tard, c'est Véra qui a repris contact. Elle m'a écrit un sms. Je n'avais pas son numéro. J'ai reçu : « Papa est mort. » Cela m'a paru tellement absurde que j'ai répondu mécaniquement : « C'est qui ? », réalisant juste après que je n'avais pas d'interlocuteurs francophones, qui sauf elle pouvait m'écrire ? Octave. Mais lui ne m'aurait jamais dit une chose pareille.

Nous reprenons le tri ensemble au rez-de-chaussée. L'armoire est pleine de disques, de rouleaux de tissus, mantras tibétains, crochets, soucoupes, bougies, petite ferraille dont l'usage m'est indéfinissable. Je laisse Véra s'en occuper pendant que je m'attaque aux livres dans la cheminée. Des classiques, les pages se détachent. Je perds du temps à feuilleter. Ouvrages sur les grottes. Science-fiction, Jules Verne. *Le Chat* de Georges Simenon, j'effleure la couverture en tissu, sans titre. Cartes de la région, livres pour enfants. Je les empile à côté de moi, avant de réaliser que je me borne à les déplacer.

Nous pourrions écouter de la musique pour habiller nos silences. Je ne le propose pas. J'en écoute peu, et jamais par plaisir, très doucement sous un casque, quand j'écris, elle me fatigue, cela m'oblige à rester concentrée, je sors éreintée du travail, mais avec la sensation d'avoir produit quelque chose.

Dans des cartons à côté de la cheminée, je retrouve les objets slaves, verrerie, poupées russes, collectionnés par ma mère. Financièrement, notre famille dépendait d'elle. Mon père complétait par ses revenus de guide saisonnier. Il avait dépensé son héritage dans l'achat de cette maison qu'il passait son temps libre à rénover.

J'avais neuf ans quand elle nous a quittés. Les premières années, nous nous sommes vues une fois par an, entre Noël et Nouvel An. C'est elle qui revenait pour quelques jours depuis Londres, dans un hôtel. La fois où Véra et moi sommes allées la voir, nous avons partagé un lit simple dans la chambre des enfants de son compagnon, qui ont notre âge. Je parlais déjà pour Véra. Pendant une semaine, la belle-famille a systématiquement interverti nos prénoms et nous avons refusé d'y retourner. À l'enterrement de mon père, elle était enceinte.

Le temps a simplifié le souvenir de ma mère. Elle porte de l'ambre. Même auprès de nous, elle est absente. Elle travaillait dans la chambre, sur le lit, entourée de bouillottes que mon père remplissait pour elle. Nous n'avions pas le droit de la déranger. Quand elle descendait se faire du thé, elle passait une main distraite dans mes cheveux. Elle avait quelque chose de tendu vers ailleurs, ses mouvements se saccadaient, comme s'ils avaient du retard sur sa pensée. Je revois mon père lui effleurer les hanches quand ils se croisent. Il est à la table du salon, penché sur ses livres. J'occupais Véra pendant leurs disputes. En général, elles avaient lieu dans la chambre. Parfois, ils restaient des jours entiers silencieux. Véra et moi nous faisions plus discrètes. Ce n'était pas de l'évitement. Ces jours-là, quand nos quatre regards se croisaient les uns les autres, ils se renvoyaient doucement à l'intérieur d'eux-mêmes.

Un jour, en revenant d'un voyage professionnel, ma mère s'est accrochée au cou de mon père. Ses épaules tressautent. Elle pleure. J'entends mon père lui dire que ce n'est pas normal. Ou qu'elle n'est pas normale. Maintenant je crois qu'il voulait dire qu'elle n'était pas dans son état normal. Après, j'ai voulu la réconforter. J'ai ouvert la porte de la chambre où elle s'était enfermée. Elle m'a repoussée, sa main à plat sur ma poitrine, elle avait froid, j'avais les doigts glacés.

— Les filles ! a hélé mon père.

Comme d'habitude, il m'a emmenée marcher avec Véra. Il s'est penché à la surface de l'étang. Sur son opacité d'encre. La nuit tombait, lumière de lune. Nous nous sommes accroupies. Avec un bâton, mon père a brouillé la surface et il a demandé :

— Pourquoi la lune, qui éclaire la nuit, ne se reflète pas dans cet étang ?

— À cause de la tourbe, ai-je répondu fièrement.

Mon père m'a souri, puis il a regardé Véra, qui avait les yeux ronds. Il a pris sa voix différente, marquant par un silence l'entrée dans le conte :

— Il était une époque où la lune se réfléchissait dans notre étang comme sur toutes les eaux du monde. Elle le trouvait si beau qu'un soir, elle y plongea. La nuit se fit plus noire que le noir le plus dense. Depuis le château, une femme avait tout vu. Croyant que la lune se noyait, elle voulut lui venir en aide et plongea, elle aussi. Son bien-aimé la retrouva le lendemain matin sur le rivage, la bouche et les yeux remplis d'eau. Dans son ventre, quelque chose luisait. Il lui écarta les entrailles. C'était un œuf, mais plus lourd qu'un œuf. Une pierre. Dévasté par le chagrin, il la plaça dans le pigeonnier, dans l'espoir qu'elle incite les oiseaux à pondre encore et fasse prospérer les terres en mémoire de celle qu'il avait perdue.

Il est déjà vingt heures. Véra a faim. Elle refuse mon aide. Je n'insiste pas, je ne cuisine pas, Irvin s'en charge, sinon je commande. Elle se concentre. Le couteau taille le chou, ses mains allument la gazinière. Elle sale et poivre à l'instinct, ouvre un concentré de tomate, en prélève une cuillerée, essuie le plan de travail. Ses doigts sont rouges et violets, ça laisse des traces quand elle range au fur et à mesure. Elle rit toute seule. Moi, c'est elle que je regarde. Elle est devenue adroite. Il me faudrait une heure pour faire la même chose. Son corps remplit l'espace, ses hanches solides ne heurtent rien. Son regard précède le moindre geste. Elle tourne les yeux, puis la tête, les hanches et les mains suivent, après quoi les jambes. Elle a fait cuire le chou à la poêle, maintenant elle fait de la pâte qu'elle étire avec les mains jusqu'à ce que la lumière passe à travers. Je suis fascinée de la voir prendre autant de temps pour préparer un repas qui disparaîtra juste après. Elle reste concentrée, badigeonne la pâte avec de l'huile d'olive. Très imbibée. Elle a utilisé presque toute la bouteille. Je prends un verre d'eau. Depuis nos retrouvailles, quand je passe à côté d'elle, elle me lance toujours un regard et un sourire, pour me retenir. Je fais comme si je n'avais pas vu. Je ne saurais pas quoi dire.

Je retourne aux livres. Une colonne entière est consacrée aux livres de cuisine. Amusée, je parcours des recettes accompagnées de photos. Odeur vieille, acidulée. Aspics tremblotants, tripes, omelettes. Soupes claires. Un manuel d'utilisation de la « Super Cocotte », le premier autocuiseur dans les années 50. La vignette des jeunes chefs posant fiers en haut de page. Que sont-ils devenus ? Comment leurs créations les ont-elles transformés ? Véra se penche sur mon épaule, elle veut tester les tripes. Je n'en mange pas. Elle non plus. Elle est curieuse.

Page suivante, blanquette de veau aux champignons. On nous en servait au réfectoire, avec des brocolis qui s'écrasaient sous la fourchette. Salle médiévale, fenêtres hautes. Nos cheveux bouclaient dans la condensation. Nous devions porter un brassard jaune vif, au sigle de l'école, qui nous donnait l'air de batteries de poussins maintenus en vie par du carburant stupide. La classe de Véra attenait au réfectoire, moi je devais traverser la cour. Véra m'attendait à la porte, le cou tendu vers la file comme si j'avais pu l'abandonner. Je me hâtais d'autant plus qu'il fallait trouver deux places contiguës.

Le bruit commençait à poindre qu'elle ne parlait plus. Un jeudi de novembre, ma voisine, qui s'appelait Margaux, je la connaissais de vue, d'une classe intermédiaire entre Véra et moi, s'est penchée par-dessus mon assiette pour demander à Véra son prénom. J'ai répondu pour elle. Margaux a dit qu'elle savait bien, elle se demandait seulement si ma sœur était consciente de porter le nom du mâle du cochon. Je lui ai demandé de ne pas dire ce genre de chose. Margaux a regardé Véra, qui avalait sa blanquette, le bout des cheveux dans la sauce. Margaux a trituré les champignons de sa propre assiette, amas spongieux piquetés de rose, avant de dire qu'il est commun aux animaux de ne pas parler, mais que les champignons ressemblent à des langues, Véra s'en mettait plein dans le ventre, il en ressortirait peut-être une chose intelligible. Véra a relevé la tête, les joues gonflées. Elle s'est tournée vers Margaux. Par-dessus mon assiette, elle a craché de toutes ses forces un contenu visqueux et blanchâtre. Une purée de limaces. Ensuite elle a tiré la langue, l'a raclée avec ses dents, avant de cracher le reste sur Margaux qui n'avait pas bougé, le crachat s'égouttait de ses cheveux, dans le silence du reste de la salle. Son regard passait de Véra à moi, elle ouvrait et refermait la bouche sans un son. J'avais été éclaboussée moi aussi. J'ai pris les morceaux de champignons tombés dans ma cuillère, je les ai mis dans ma bouche en faisant mine de m'en délecter. Margaux a fini par lâcher que nous étions cinglées. J'ai attendu qu'elle quitte la table pour m'essuyer.

Véra mangeait son yaourt en y trempant le pain comme dans un œuf à la coque. Elle n'avait pas d'expression particulière, mais si l'on faisait attention, ses mains et son menton tremblaient.

Margaux est revenue flanquée de l'intendante, une femme en qui j'avais confiance. Je me sentais mal de la voir sévère. Elle a demandé ma version de l'histoire puis nous a jaugées, Margaux, Véra et moi. Nous serions retenues les prochains soirs.

À la fin des cours, je suis allée la trouver pour lui répéter que Véra et moi n'étions coupables de rien. L'intendante m'a regardée d'un air pointu. Elle a dit qu'un conflit pouvait arriver. Ce n'était pas grave. Ce qui était grave, c'était de ne pas reconnaître ses torts. Elle m'a scrutée encore avant d'ajouter que le pire, c'était de mentir.

La tarte croustille, frite par toute cette huile. Véra dispose le fromage sur une assiette et entame la confiture d'Octave qu'elle a réussi à ouvrir avec la pointe d'un couteau. Elle coupe une tranche de fromage, en tartine du pain puis lèche le couteau avant de le plonger dans la confiture. Je lui fais remarquer qu'elle moisira plus vite. Elle rit, nous l'aurons fini avant. J'en profite pour évoquer le fromage laissé dans la cage à oiseaux, dont l'odeur m'écœure. Elle écrit :

« Il doit se faire. »

Elle précise, avec un clin d'œil :

« Se *laisser* faire. »

J'insiste, des spores invisibles se développeront jusqu'à suinter vert. Elle referme le pot de confiture avant de pianoter dans un soupir :

« Humour SVP. »

La table débarrassée, nous en rapprochons la lampe à pied. Véra étale des couverts de table ramenés par ma mère lors de l'un de ses voyages. Elle les trie par ordre de taille puis les essuie avant de les remettre dans leur emballage, qu'elle m'a repris des mains quand j'ai voulu le poser près des objets à jeter. Pourtant elle ne souhaite pas les conserver.

Je poursuis mollement mon examen des livres, pour ne pas la laisser seule au salon. En se vidant, l'âtre donne l'illusion d'une autre pièce, pleine de suie. Des bandes dessinées reposaient sous les classiques. Mon père m'avait offert l'intégrale de *Philémon*. Les aventures d'un jeune garçon dans une campagne française à l'époque préindustrielle, il vit avec son père et l'âne Anatole, découvre un monde parallèle, constitué d'îles en forme des lettres de l'océan Atlantique. Ambiance venteuse, végétation hivernale. Je commençais chaque album avec l'espoir d'un changement de saison et la satisfaction pourtant de retrouver cet automne familier. Plus bas, des albums de Raymond Briggs. *Le Bonhomme de neige*, sur la perte et la métamorphose. Me revient en mémoire un dessin animé que je regardais souvent avec Véra. Un garçon au visage rond. Les scènes se passent de nuit, à l'approche de Noël. Trop pauvre pour se le faire offrir, il convoite un train électrique dans une vitrine. Il passe des nuits à contempler ce train que le marchand finit par lui donner, ou bien son père ? Le film se termine avec le train qui s'envole, le garçon conduit, peut-être est-il mort.

En guise de socles pour l'ensemble des livres, deux cageots remplis de nos affaires d'école. Mes cahiers de rédactions, géométrie dans l'espace, schémas d'organes internes… En dessous des miens, ceux de Véra. Contenu erratique. Elle a pu suivre une scolarité normale en redoublant certaines classes. Ses carnets de devoirs quand elle avait huit ans sont signés « Mandarine ». J'avais beau lui répéter que ce n'était pas un prénom et surtout pas le sien, ses colères m'ont fait abdiquer, pensant : de toute façon, c'est plus joli que Véra.

À cette période, les médecins nous encourageaient encore à ne pas perdre confiance en sa capacité à recouvrer la parole, il fallait la stimuler, ne pas l'infantiliser.

Ma mère partie, mon père a dû trouver plus de travail en basse saison, jusqu'à deux heures de chez nous, dans des sites comme les gouffres de Padirac et Proumeyssac ou les grottes de Lascaux. Il partait vers huit heures du matin, rentrait à vingt-deux heures. À l'avance, il préparait des soupes avec les légumes du jardin. Je les éliminais dans la forêt car Véra préférait les pâtes. Je comptais sur la cantine pour les vitamines. Par simplicité, j'avais listé une série de sauces en lui demandant de faire oui de la tête, pour ce qui deviendrait la base de notre alimentation du soir, tortellinis gorgonzola, parmesan, mozzarella, bolognaise de la grand-mère d'Octave.

À son retour, mon père montait se changer. Véra et moi étions censées dormir. Il ouvrait lentement notre porte et posait le revers de sa main sur notre tempe, comme pour vérifier notre température. Mon corps a pris l'habitude d'attendre ce geste, j'ai fait semblant de dormir jusqu'à ce que, contrairement à Véra, j'aie l'âge de pouvoir veiller. Je lisais sur le canapé, laissant une assiette avec les beaux couverts. Avec les années, il revenait plus fatigué. Imperceptiblement, il mettait plus de temps avant de redescendre de la chambre pour manger.

Un soir, je devais avoir douze ou treize ans, je m'en suis inquiétée. Porte ouverte. Mon père étendu sur le lit, pieds sur le parquet, presse une main sur les yeux. Il porte le pull de laine bouillie. Je m'approche. Sa veine palpite dans son cou. Il dit qu'il ne mangera pas. On dirait qu'un animal s'est infiltré dans son corps. Sur son torse puissant, l'autre main se soulève et j'ai de la peine à imaginer qu'un cœur puisse battre en dessous. Ses mains si grandes qui m'empoignaient disaient: n'aie pas peur, je suis là. Mais aujourd'hui ce qui demeure, c'est ma petite douleur sous les seins, ténue, presque rien.

Il a fallu que, certains soir après l'école, Véra m'accompagne à la patinoire. Elle patientait dans les gradins. Sa silhouette engoncée dans la doudoune, le capuchon à fausse fourrure, cela me pesait. Après nous attendions le bus sur le parvis de la cathédrale, en face du parking municipal. Notre ligne était peu fréquentée. Il fallait attendre quarante minutes. Si c'était ouvert, nous allions dans la cathédrale. Nous jouions avec nos visages déformés par les vitraux, à l'effigie de saints endormis. Leur rigidité me rappelait la mienne la nuit, dans le petit lit, la chaleur de Véra, mes yeux fermés sur un espace à moi.

Le jour où Véra a craché sur Margaux, un artisan installait une crèche dans le hall de la cathédrale. Figurines en résine. Véra s'est plantée devant lui, bras écartés à cause des manches rembourrées. La crèche était encore vide, sauf des poules. L'artisan fixait les crins de l'âne et du bœuf, puis leur appliquait un vernis. L'odeur d'alcool se mêlait aux encens, les bougies s'éteignaient dans un bruit de mouche grillée. Étourdie, je suis retournée sur le parvis. À l'arrivée du bus, j'ai prié le conducteur d'attendre et j'ai couru chercher Véra, nous étions les seules passagères. Son nez touchait presque le bœuf. Le vernis avait séché, on aurait dit qu'il avait gelé. L'artisan avait commencé à disposer les figurines. Marie et Joseph loin l'un de l'autre, l'âne et le bœuf proches du berceau. Plus grosse que toutes les autres, la statuette de Jésus croisait les jambes et suppliait des mains, il m'évoquait un bébé coucou réclamant sa pitance. J'ai pris Véra par l'épaule. Elle m'a opposé une infime résistance. Avant de me suivre, à peine trop loin pour que je puisse lui prendre la main.

Dans le bus, serrées avec nos sacs, nous tressautions sur les cahots. Je laissais le côté fenêtre à

Véra. Ce soir-là, son regard traînait par terre, les joues boudinées par l'écharpe, lèvres tulipe. Son nez coulait. Elle sentait le froid. J'ai pressé ma main sur sa moufle et je lui ai dit :

— Je serai toujours là pour toi.

Vingt-deux heures trente. Véra regarde autour de nous, mes piles de livres, les sacs poubelles, l'air satisfaite, et conclut joyeusement que nous aurons plus de temps pour nous. Qu'est-ce que je compte faire le lendemain ? Je dis que je ne suis pas en vacances. Elle lève un sourcil ironique : elle non plus. Question de politesse. Elle ira aux champignons.

Je monte me coucher avec un album de Claude Ponti, *L'arbre sans fin*. Je n'ai pas oublié la scène où la petite créature endeuillée se retrouve prisonnière d'une planète sur laquelle règnent des milliers de miroirs. Chacun renvoie une image légèrement différente, on ne peut s'échapper qu'en trouvant celui qui nous reflète vraiment. Je me demande encore comment la petite créature y parvient si aisément.

9 NOVEMBRE

Été de la Saint-Martin. Véra se lave les mains dans l'étang, accroupie, manches du pull relevées au coude, son panier plein de champignons. Je me suis sentie obligée de l'accompagner. Elle n'est pas responsable de mes problèmes d'écriture, ne doit pas subir ma mauvaise foi. Mais je n'ai pas son talent de reconnaissance : je crois voir un cèpe, c'est un caillou, une branche ou le squelette d'un rongeur, me rabats sur les baies, m'éloigne au fil des arbustes. Le coin est truffé de cynorrhodons, nous en ferons de la tisane. J'arrive dans une chênaie. Une souche trône à hauteur de mes épaules, Véra et moi ne suffirions pas pour l'enserrer.

Après un moment, des feuilles se froissent dans le sous-bois. Un sanglier. Il débarque en face de moi, poil hirsute, masse noire, dos courbé, presque aussi gros que la souche. Il tourne la tête de droite à gauche, le groin agité de plis en accordéon, se rapproche. Au risque de le perdre de vue, je m'accroupis derrière la souche. Je peux sentir son odeur, âcre, par-dessus celle du bois mouillé. Une secousse. Une deuxième. Je me rappelle qu'a priori, les sangliers solitaires n'ont pas de raison de s'attaquer aux humains. S'il m'avait repérée, il aurait fait le tour. Les chocs se répètent, plus réguliers, plus forts, comme si le sanglier cherchait à se gratter d'une grande colère.

Un autre bruit monte, ronces écrasées. Le sanglier recule. Il a repris l'agitation de la tête. Je me décale. Son regard croise le mien. Ou plutôt, le trou qui contenait son œil. J'ai un mouvement de stupeur, la plaie n'a pas cicatrisé, le pus s'est croûté autour de la paupière. Il tourne la tête, m'apercevant enfin de l'autre œil, valide. Je ne peux détacher les yeux de la plaie qui sanguinole jusqu'aux épaules, raclée contre la souche. Il pousse un grognement. Le bruit de pas se rapproche. Le sanglier chancelle vers le sous-bois, mais sans hâte, comme s'il voulait rester digne.

Un homme surgit, fusil en bandoulière sur le gilet de sécurité orange. Il doit avoir mon âge, le corps souple, des boucles dépassent du bonnet. Il s'affole de ma présence en pleine battue. Il est essoufflé. Il demande pourquoi je n'ai pas tenu compte des panneaux en lisière de forêt. Je l'informe que notre maison se trouve à l'intérieur de la forêt, je ne savais pas. Il doit prévenir ses collègues qu'il y a ma sœur, dans son manteau peu repérable. Il parle dans son oreillette. Au loin, une trompette résonne. Il regarde les cynorrhodons dans mon panier. Ai-je l'autorisation d'en ramasser ? Je raille, quelle importance, ces baies pourrissent par kilos. Il veut savoir d'où je viens.

— Je suis née là.

Il dit qu'il ne m'a jamais vue.

— Moi non plus.

Son ton se durcit. Je fais fuir les sangliers, je dois partir. Je m'aperçois que je transpire. Je suis tellement soulagée de voir apparaître Véra. Son panier déborde de champignons, elle en tient dans les mains. Elle regarde le chasseur. Je me rapproche d'elle. Son visage est neutre mais près de son corps, je perçois une vibration, comme si tous ses muscles s'étaient tendus sous les couches de vêtements. L'homme nous toise. Il indique une direction sûre avant de faire volte-face en maugréant que nous devrions porter le gilet de sécurité.

Nous montons dans le pré de la sépulture. Un peu de fumée stagne au-dessus des cailloux, à cause de la température adoucie. Véra s'arrête pour écrire sur son téléphone. Je continue de marcher car je la soupçonne d'agir par délicatesse, pour que je reprenne mon souffle. Elle court me rattraper en brandissant son écran :

« La fumée : papa disait que les lapins préparent du café ! »

Je ne connaissais pas cette histoire-là. Je force un sourire. Elle me blesse quand elle évoque sa vie avec mon père sans moi.

Vue depuis les hauteurs, la forêt semble aplatie, déroulée comme un tapis de mousse. On ne se rend plus compte des villosités, ni des rivières au fond des vallées. Le vent s'élève. Je pense à la préhistoire, aux steppes qui précédaient cette forêt, dans un climat proche de la Scandinavie actuelle. Érosion. Ratissage de ce paysage par l'eau et le vent qu'alors, rien n'arrêtait.

À New York, à cette saison, le vent est glacial. Il s'infiltre dans les rues, bute contre les immeubles et panique en rond jusqu'à se fracasser contre les fenêtres. Ces dernières semaines, j'ai marché des heures dans ce vent-là. Irvin part au bureau le matin. D'habitude, je me réjouis de la solitude, elle me permet de travailler. Je ne la supportais plus. Je ne pouvais plus rester à la table en face de la fenêtre. Dès qu'il était parti, je sortais au hasard. J'écoutais mes pas sur le bitume, la résonance de mon sang sous le bonnet, les yeux rivés à mon souffle, ça me calmait jusqu'à ce que plus tard, je pose ma tête sur le torse d'Irvin, le battement rassurant de son cœur. Je n'arrivais pas à lui faire partager mes doutes. Je n'étais pas non plus certaine de souhaiter l'avortement. Véra venait de me demander de la rejoindre. J'avais provisoirement décidé de décliner, à cause de la grossesse, quelle que soit son issue.

— Les filles !

La voix de mon père dans le boyau de calcaire, amplifiée par les haut-parleurs reliés à son micro.

Penaudes, nous nous rapprochons du groupe. Nos paumes mouillées de salive. Nous avons sept et dix ans, vacances d'automne. Nous marchons au fond du gouffre de Padirac, cent trois mètres sous la surface de la terre, le long d'un ruisseau. Dehors, il pleut dru. L'entrée du gouffre ressemble au trou d'un entonnoir qui recueille tout ce qui vient du ciel. En bas, la température est stable, le taux d'humidité égal. Aucune perturbation de l'air, sauf notre respiration. Mon père parle de sédimentation, de calcite, de concrétions. Il en désigne avec sa lampe torche et dans sa bouche, elles deviennent anémones de terre, draps de calcaire ou poils de pierre, instruments de musique, colloques statufiés goutte à goutte.

Surtout ne rien toucher. Les concrétions vivent. Je dois retenir Véra. Je suis marquée par l'injonction de mon père. Il dit que le sébum humain empêche l'eau de s'accrocher pour faire grandir la pierre. Quelque chose me terrifie dans l'idée qu'en touchant, je puisse tuer une structure minérale vieille de plusieurs centaines de milliers d'années. Je suis également fascinée de me dire que ces formations proviennent de l'eau, tout comme chaque cellule de mon corps se compose d'eau et de minéraux, dans des proportions seulement différentes.

J'ai proposé à Véra de faire nos propres stalagmites. Le principe : cracher dans nos mains, mêler notre salive et la déposer au pied des parois en espérant que l'humidité les fera pousser. La question est de savoir laquelle de nous deux recueille la salive de l'autre. Nous ne sommes pas d'accord alors nous crachons sur le sol, ça nous fait glousser. Mon père nous rappelle à l'ordre.

Il fait monter le groupe dans une barque. À la proue, ma sœur et moi. Entre de lents coups de pagaie, il parle du ruisseau devenu rivière, elle coule sur trente kilomètres sans autre source que la pluie qui traverse le sol. En se chargeant d'impuretés, elle apporte de quoi nourrir les rares formes de vie, escargots, crevettes minuscules, capables d'exister ici. Peu à peu, sa voix change. Il raconte que les concrétions sont nées de la jalousie de l'eau pour les montagnes, pointées vers le ciel, qui excitent les humains. Pour rivaliser avec elles, les gouttes les plus acharnées ont trouvé le moyen de leur ressembler, mais sous la terre, au prix de l'ombre et de l'immobilité.

Je regarde mes mains : je peux devenir une statue. Si je deviens jalouse, je vais me figer comme une pierre, ou un bloc de glace. Mais quand il fait chaud, je me liquéfie. J'ai besoin du froid pour sentir que je suis forte, que je peux tenir debout.

« Comment ça va, Irvin ? »

Véra s'est remise à marcher, le téléphone dans sa poche. Lire ce nom venant d'elle m'a surprise. Je ne lui ai jamais parlé d'Irvin. Je transmets des informations factuelles, où nous vivons, depuis quand nous sommes ensemble, j'emploie l'expression « ce qu'il fait dans la vie ». En creux, je réfléchis à des personnages de fiction qui m'aideraient à le décrire. Je n'ai aucune idée des références de ma sœur. Aussi loin que j'arrive à remonter dans ma mémoire, Véra s'y trouve quelque part. Sauf l'enterrement de notre père, je réalise que je ne partage aucun souvenir d'adulte avec elle. Tout s'arrête à mon départ aux États-Unis, sous son regard de douze ans qui me dit : tu m'as menti.

Elle ajuste la position de sa capuche. Ses bracelets tintent. Pour qui les porte-t-elle, se pare-t-elle aussi quand elle est seule ? Je ne lui ai pas connu de relation. Je suis avide de savoir si elle aime, si elle est aimée, mais je ne sais pas parler d'amour et tout ce que j'ose lui demander c'est :

— Tu ne t'ennuies pas trop à Périgueux ?

Elle éclate de rire. Au contraire. Elle voudrait pouvoir consacrer plus de temps au sport et à ses amis.

— Elle en a ? je pense tout haut, contrite d'avoir dit « elle » mais soulagée.

Véra n'a pas l'air blessée. Le visage indéchiffrable, elle conclut :

« Moi, pour aimer, j'ai besoin d'admirer. »

Nous faisons un détour par le village, Véra veut retourner à la fromagerie. Elle choisit des petits blocs fermes de brebis. Je paye, je suis l'aînée.

La plupart des volets sont fermés. Au pied de l'église, de petits renfoncements. Une pancarte inexistante quand je vivais là explique qu'il s'agissait de sarcophages pour les enfants morts avant de naître ou avant leur baptême. La brume empêche de voir le Pigeon Froid sur la colline. Je repense à ce qu'a dit Octave sur les villages, leur agonie. La pénurie de médecins. La rue est déserte mais nous restons sur le trottoir, très étroit. Je ralentis derrière Véra.

Véra, le village.

Les images ne concordent pas. Je regarde les volets, les portes. Véra bouge sous ma paupière comme un cil qui ne s'en va qu'avec des larmes.

Nous laissons les champignons devant l'âtre. Véra me présente son dos. Il faut que je vérifie l'absence de tiques. Elle porte une culotte et un soutien-gorge en coton, très enveloppant, sans armature. Elle se retourne. Ses seins pointent vers le haut. Elle est athlétique. Je suis troublée. Elle a un corps de femme, ma petite sœur, plus vaste que le mien. Je me dépêche de l'ausculter tout en cherchant à détourner le regard. Moi, je ne porte pas de soutien-gorge. Ça m'oppresse. Avant Irvin, j'ai donné raison à mes amants, pour ne pas les décevoir, je faisais croire qu'effectivement, c'était pour leur plaire que je n'en portais pas. De toute façon, l'entraînement drastique a corseté mon corps. Nos costumes de patinage révélaient tout. La différence se faisait à l'adolescence, entre celles qui ne craignaient pas les hommes, et les autres, comme moi, qui tenaient pour honteux le développement de telles protubérances. J'avais seize ans lorsque mes règles sont apparues la première fois, j'étais déjà aux États-Unis.

Véra entre dans la cabine de douche. Je vais attendre au salon.

Les fourmis n'ont pas disparu. Elles contournent le citron. Elles avancent au même rythme, parfois une fourmi se redresse, chargée de la graine, tourne la tête de droite à gauche, ses consœurs butent, forment un bouchon, se remettent vite à l'ordre. Que trouvent-elles ici de si intéressant? Je m'étonne de ne pas m'être demandé plus tôt d'où viennent les graines. À bien les observer, ce ne sont pas les mêmes. Paillettes qui laissent passer la lumière. Grains de sable. Une brindille comme une poutre. Des morceaux de corps, une patte d'insecte. L'une d'entre elles porte une aile de libellule qui lui donne l'air, avec sa tête casquée, d'un pilote.

Je remets du jus de citron, mais un peu loin d'elles cette fois, pour leur délimiter un couloir qui les sépare de moi.

Un filet de cendres tombe de la cheminée, suivi de plumes de duvet. L'orage a fait pénétrer l'humidité. On accède à la chaudière par une trappe sous les marches du perron. J'arrache les ronces avec un bâton, le geste m'est redevenu familier. La machine gronde doucement. Tout autour, mon père a construit des étagères en bois. J'y trouve un bidon d'essence, des casques de vélo, des outils de jardinage. Des crottes jonchent le sol. Un loir, probablement.

— On n'a presque plus de mazout, j'annonce à Véra. Il faudrait faire du feu mais peut-être qu'il y a des nids…

Elle acquiesce en frissonnant, cheveux mouillés.

Je m'enferme à mon tour dans la salle de bains. Au creux du sternum, la pulsation de l'artère. Je ne me maquille pas ici. Je me trouve meilleure mine, les yeux moins enflés. Les fusils de chasse tirent au fond du jardin. Ils provoquent les mêmes accélérations cardiaques que les sirènes à Manhattan. Je les entendais beaucoup dans mon premier logement seule, dans un immeuble vétuste du Lower East Side. Toutes ces fenêtres remplies d'humains frénétiques ou figés, qui fument à la fenêtre, et leurs volutes montent comme des rêves qui s'évaporent. Les rats courent le long des tuyaux, jusqu'aux toits, où les pigeons nichent malgré les picots censés les en empêcher.

Mes plus proches voisins vivaient derrière une baie vitrée sans rideaux. Nous n'étions séparés que par des câbles et une bouche d'aération. Je pouvais voir leur lit, sa parure gris cendré. Ils ne se cachaient pas de leurs ébats. Les têtes restaient dans l'angle du mur mais j'apercevais des épaules, des hanches, j'entendais les draps qui se froissent. Je me suis sentie gênée. Puis triste. L'indifférence est venue plus tard, quand j'ai compris qu'ils se montraient ainsi parce qu'à leurs yeux, je n'existais pas.

J'ai commencé à séduire. Sans chercher à connaître. Quitté sans donner de nouvelles. « Ghosting ». Faire le fantôme, devenir le fantôme de quelqu'un.

Je n'ai plus supporté. Pendant trois ans, je n'ai voulu voir personne et j'ai écrit des films.

J'ai rencontré Irvin un 14 novembre, le jour du Pickle Day, la fête juive du concombre en saumure. Son cabinet de conseil se trouvait quelques rues plus loin. Il profitait d'une pause. Ambiance foraine. Quand il m'a aperçue, il a acheté un deuxième cornichon, est venu me l'offrir en disant qu'il était sûrement trop salé. Irvin ne connaissait rien au monde du cinéma. Et tout ce que j'avais connu s'est révélé idiot face à ma découverte de sa peau contre la mienne.

Je lui ai parlé dès que j'ai su. J'avais mis le retard du cycle sur le compte du stress. Il a arrêté le feu sous l'eau des pâtes avant de s'approcher pour poser sa main sur mon ventre avec une délicatesse agaçante. Il a dit que je serais magnifique avec un gros ventre. J'ai rétorqué qu'il l'était tous les mois, gros, enflé, insupportable, avant mes règles. Irvin a retiré sa main, cherché mon regard. Il m'a enlacée. J'ai enfoui ma tête dans son cou pour faire semblant d'être joyeuse. Cacher ma peur. Je ne pouvais m'en prendre qu'à moi-même. Il m'était arrivé, dans le désir, de lui demander de jouir en moi. Une part de moi voulait être enceinte, je crois, pour l'expérience. Mais on ne tombe pas enceinte pour voir ce que ça fait, ma grande, ironise encore ma petite voix.

Le faible éclairage rétrécit la pièce autour de Véra. Elle a décroché des affiches pour y dessiner avec les crayons fusains de mon père, il en utilisait dans l'explication d'art pariétal. Je n'aime pas l'image de Véra avec ce mur troué dans le dos. Les rectangles aux briques apparentes me font penser à des fantômes de roche, ces vides creusés par la dissolution d'un minéral dans une roche plus dense. Elle dessine des mandalas sur *Les Trois Sœurs,* annoncé au théâtre de Brive en 1999. Elle veut user les pigments pour ne pas gaspiller. Ses yeux ronds quand je lui demande en quoi elle gaspille moins de cette façon. J'argumente, elle hausse les épaules et continue de dessiner sur une autre affiche. Il est quatorze heures à New York, j'ai une visioconférence. Véra s'accommode, elle est toujours contente, me dis-je en allumant l'ordinateur dans la chambre, ce n'est pas humain, ce n'est pas ma sœur.

Retours sur l'épisode quatre. Des questions se posent sur la représentation de la Seconde Guerre mondiale en regard de l'Europe actuelle. Mes interlocuteurs ont flouté leur arrière-plan. Leurs propres contours se brouillent quand ils bougent. Un collègue rappelle que nous ne faisons pas un documentaire. Pour autant, nous ne pouvons sacrifier à la fiction la complexité du réel. On demande à revenir aux personnages, soyons efficaces, le temps est compté. Je ne participe pas beaucoup, j'ai un problème de micro. Je sursaute à mon prénom. Une productrice suggère qu'en tant qu'Européenne tout comme Perec, j'engage un regard plus personnel dans la série. Je m'approche de la caméra, je ne suis pas sûre de comprendre. Je crois qu'elle ne m'entend pas. Les voix se hachent. Lassée, j'ouvre une fenêtre parallèle. Mes dernières recherches apparaissent: « grossesse avant après », « vidéo Perec », « météo Périgord », « est-ce qu'il m'aime encore ». Je tapote : « peut-on manger des tripes » en gardant un œil sur la conférence. Les prénoms s'affichent quand on prend la parole. Celui de Laeticia revient souvent. Ce prénom, je l'ai admiré, à la fois pointu et caressant. Je déteste Agathe. J'y vois une vieille aigrie, lunettes pointues. Il sonne sec. En anglais, c'est l'inverse mais je n'aime pas non plus, ça sonne « agace ». Je refuse qu'Irvin le prononce. Une Laeticia patinait dans le niveau supérieur. Nous nous croisions aux vestiaires. Elle parlait peu mais les filles se disputaient son intérêt. Je savais qu'au château de ses parents, elle organisait des fêtes avec plusieurs dizaines d'invités. Que l'on puisse réunir autant de monde autour de soi m'impressionnait beaucoup. Et elle fréquentait un garçon. Cela nous réduisait toutes au silence. Je n'espérais pas d'invitation. La compagnie de Véra me suffisait. Notre communication devenait épuisante, elle dépendait beaucoup de moi. J'avais lu des choses sur le langage des signes, Véra aurait au moins une langue officielle. J'en ai parlé à mon père qui nous a emmenées assister à un cours. Véra s'est montrée butée, elle n'était pas sourde, elle n'apprendrait pas.

L'année de mes quatorze ans, à l'issue d'un entraînement, je m'étais absentée aux toilettes. En sortant, j'ai retrouvé Véra sur la glace avec mes patins. Le groupe de Laeticia s'échauffait. Véra n'avait jamais patiné. Vu de loin, l'effort était comique, une enfant ivre. En s'agrippant à une acolyte de Laeticia, Chloé, elle l'a entraînée dans la chute et toute la patinoire s'est figée. Le cri de Véra. Rauque, animal. Un râle amplifié par le dôme. Chloé s'est redressée en exagérant, selon moi, l'impact de ma sœur.

— Tarée !

J'ai dit que Véra lui demandait pardon. Elle a voulu que Véra le dise elle-même.

— Elle ne parle pas.

— Elle sait crier, elle peut parler.

Chloé m'avait rejointe au bord de la glace. Véra rampait vers nous. Je lui tendais le bras. Laeticia a patiné jusqu'à Véra pour me la ramener.

— Pourquoi elle ne parle pas? a demandé Chloé.

— Elle préfère se taire plutôt que de parler comme toi, ai-je dit sans réfléchir, perturbée par un mélange de jalousie et de reconnaissance envers Laeticia.

Chloé m'a toisée avec un sourire:

— Tu veux dire qu'elle est bête?

— Elle comprend ce que tu dis.

Véra souriait aussi, mains entortillées, cheveux autour du visage comme des pétales en manque d'eau. Chloé l'a prise à partie:

— Tu comprends ce que je dis?

J'ai haï le sourire de Véra. J'aurais voulu qu'elle hurle encore. Chloé m'a lancé un regard triomphal.

Je l'ai giflée.

— Laisse, ce n'est pas sa faute, lui a dit Laeticia.

J'ai entraîné Véra vers la sortie. De la colère venait de s'ajouter à mon sentiment confus pour Laeticia. Elle pouvait faire taire Chloé. Elle m'avait laissé le temps d'avoir honte.

— Tu dois me demander, ai-je dit à Véra dans le bus.

Les chemins devenaient cahoteux. Je gardais les yeux devant moi pour éviter la nausée.

Ce soir-là, j'ai poussé les meubles du salon, mis un disque de Dvořák et me suis plaquée dans le dos de Véra. Je lui ai dit que pour tenir sur des patins, il fallait s'imaginer un bloc de glace à la place du ventre. J'ai imprimé le mouvement :

— Déroule le bras. Tends la jambe.

Elle n'avait pas de rythme. Avec de la bande adhésive, j'ai attaché ses chevilles aux miennes. Très vite, je me suis écroulée de tout mon poids sur elle. Elle hoquetait. J'ai démêlé ses cheveux. C'était un rire. J'ai ri aussi. À chaque regard, nous riions davantage, jusqu'au mal de ventre. Je ne réalisais pas que Véra ligotait nos poignets l'un contre l'autre. Je l'ai senti aux fourmis dans les doigts.

— Arrête !

Elle riait encore. D'un seul coup, j'ai tiré sur les bandes en arrachant des poils.

Je vais sur la terrasse avec une tisane, l'esprit brumeux de la visioconférence. Véra m'a emprunté l'ordinateur. Une chauve-souris volète, l'ampoule s'allume au passage d'un blaireau. Il se terre sous la camionnette. Je pense à Octave. A-t-il su, pour notre chaton ? Nous n'en avons jamais parlé. Nous l'avions trouvé un jour où je m'étais proposée pour lui apporter un livre qu'il souhaitait de mon père. Régulièrement, Octave passait chez nous et discutait avec lui, le plus souvent d'archéologie. Je restais dans les parages, écoutais, parfois je participais à la conversation. J'attendais sa venue autant qu'elle me gênait. Face à lui, Véra m'encombrait. Je détestais que mon père vante mon rôle d'aînée, mes succès scolaires et sur la glace, tout cela perdait son sens, je n'avais que quatorze ans dans le regard adulte qu'avait maintenant Octave. Ce jour-là, je m'étais donc rendue au château. C'était la première fois que je me trouvais seule avec lui. Les miaulements provenaient de l'écurie. Le chaton se prostrait dans un box, il avait un mois, tout au plus. À notre apparition, il a crié plus fort, cherché à s'enfouir sous la paille. Octave s'est agenouillé. Il a posé sa main sur le dos du chaton. Il est resté longtemps, jusqu'à ce que les miaulements se calment. Ensuite il l'a pris, le chaton tenait dans une paume. Il me l'a fait caresser. Je l'ai fait du bout du doigt, je ne sentais que des poils et des vertèbres, le chaton tremblait de tout son corps. Nous avons cherché à le nourrir dans la cuisine. Octave lui a proposé du lait, goutte par goutte, au bout de son doigt. Le chaton n'ouvrait pas la bouche. J'ai pensé qu'Octave s'acharnait mais après plusieurs tentatives, le chaton a fini par sortir une langue rose, lécher son doigt, puis s'est jeté sur la soucoupe. Octave étudiait à Limoges, il ne pouvait l'emporter, et sa famille n'en voulait pas. Il a ouvert mes bras pour y déposer le chaton. Il était sûr que j'en prendrais soin.

Le chaton passait son temps sous les meubles, feulait à nos approches. Impossible de lui faire avaler du vermifuge, il restait malingre, pouilleux, je le prenais comme un échec. Rarement, il venait se lover sur mes genoux. Il me malaxait avec ses pattes, bavait en ronronnant fort. Comme moi, Véra se statufiait pour ne pas interrompre le miracle. J'espérais que le chaton lui montrerait la même affection. Il n'avait pas encore de nom, nous voulions d'abord le connaître. Un soir, dans l'un de ces instants, Véra a approché la main. Le chaton s'est tu. Elle a dû l'attraper au vol, il s'est débattu de toutes ses griffes, elle resserrait sa prise, je voyais leur détresse respective, alors à mon tour, j'ai pris peur, et crié qu'elle le libère, bon sang. Le chaton est tombé sur le ventre. Un instant, il n'a pas bougé, puis s'est calfeutré sous l'armoire pendant deux jours. Toute la soirée, j'ai regardé Véra sans qu'elle le sache. Il me semblait qu'elle n'avait pas seulement lâché le chaton. Elle avait mis de la force. Infléchi la chute. Elle l'avait jeté par terre.

Véra s'est couchée sur le canapé, devant le clavier. Je touche son épaule, je monte me coucher. Elle acquiesce à peine. Je dégage délicatement l'ordinateur et la recouvre de mon manteau.

J'aurais aimé recevoir un mot d'Irvin. Internet s'ouvre sur la dernière page consultée par Véra. Tutoriel de sophrologie. Je ne peux m'empêcher de jeter un œil à son historique. Tout concerne des végétaux dont je n'ai jamais entendu parler, frémontodendron, mahonia, oranger du Mexique. J'arrive à mes propres recherches, une chaleur brusque aux joues. Je n'avais rien effacé, elle a dû voir.

Je repense à la formation de Véra. La stabilisation florale. Me renseigne un peu. Il s'agit de faire tremper la tige de la fleur vivante dans un liquide à base de glycérine, colorant et nutriments. La glycérine permet de retenir l'eau à l'intérieur de la plante, nourrie par les nutriments le temps du processus de stabilisation. Cela dure quelques jours. Les techniques diffèrent selon les variétés, le résultat souhaité. Le plus sûr reste la manipulation des mousses.

10 NOVEMBRE

Ce matin, j'ai cru entendre Véra sous la douche mais le bruit durait, c'était le vent. Il vient rouler sur notre façade comme un nageur au bout de son couloir. Véra s'occupe de la salle de bains. Je décroche les affiches, gratte la bande adhésive au couteau. La paroi me semble étrangement poreuse. Une couche tombe en poussière. Je gratte encore, jusqu'à rencontrer ce qui reste bien solide. Les tournesols se déposent sur le sol en révélant des câbles entre les briques, un système nerveux à vif.

Nous laissons la porte ouverte, vent chaud dans le salon. La cage à fromage se balance, mes cheveux se soulèvent, on dirait que la maison respire de soulagement. Je suis fatiguée. J'ai rêvé de la planète des miroirs. Je les avais tous cassés à force de m'y cogner. Je marchais sur les bris, les pieds en sang. Le verre s'implantait dans la chair, remontait les jambes à travers les artères et irradiait, je n'avais pas su me reconnaître.

Nous mangeons des pruneaux trempés aux épices, avec des noix, du fromage. J'ai de l'appétit. Véra me taquine, j'ai terminé la confiture d'Octave. Il va falloir faire des courses.

Je travaille un peu à la table, Véra sur le sol dans le champ des affiches. Elle a bien entamé les fusains, il n'en reste qu'un tiers. Je me relis en chuchotant, pour le rythme : « Peur de quoi ? Que l'on empiète sur mon territoire ? Quel territoire ? Un territoire on l'investit, on le défend, on le partage, on le détruit. Je n'en ai pas sauf ma langue, ma langue refuge dont les mots se cognent aux murs et se disloquent. »

« C'est quoi ? » m'écrit Véra avec un fusain.

Je marmonne, concentrée :

— Une voix off… dans le présent… mais les images seront du flash-back…

« C'est moi ? »

Je me redresse :

— Qui ?

« La fille retardée. »

— Mais de quoi tu parles ?

« Dans ton film ! »

Le film récemment primé en Italie. Donc elle l'a vu, je pense, ne sachant si je dois me sentir honorée ou gênée. Je précise que ce personnage n'est pas retardé. Il a peur de ressentir autant les choses. J'ajoute que les scénarios sont écrits par tout le monde, parfois c'est le problème, je montre mon écran, je ne sais plus ce que ça raconte. Véra demande pourquoi je suis dialoguiste. Je réponds que ce n'est pas systématique, on répartit les rôles selon les projets. Contrairement à ce que j'ai dit avant, en général, on gagne à travailler en équipe.

«Je peux t'aider ?»

Mon rire me désole. Je ne voulais pas cette condescendance. Véra observe les affiches autour d'elle. *La Cantatrice chauve*, l'adaptation du *Maus* de Spiegelman. Elle se couche sous la table, ferme les yeux, mains sur la poitrine.

— Tu fais quoi ?

Elle pose un doigt sur sa bouche. J'insiste. Dans un élan d'agacement, elle griffonne :

« Chut ! ! ! Concert de chauves-souris. »

Dix minutes plus tard, dans la même posture, elle effectue des cercles rapides avec un doigt autour du nombril. Elle me fait pouffer mais j'ai peur qu'elle prenne froid. Elle fait semblant de mâcher, suit la ligne de l'œsophage et revient au geste circulaire.

— Arrête, tu vas tomber malade !

Elle se retourne sur le ventre et secoue les jambes en écrivant :

« Processus de digestion accélérée. »

Elle me demande de la laisser tranquille.

Je remonte dans la chambre. J'essaye de faire comme elle, je me couche sur le plancher. Derrière la fenêtre, le bambou ploie, le noisetier tremblote. Plus grand qu'eux, le marronnier préside une cérémonie. Je pense : tu dors et travailles en face de lui depuis quatre nuits. À la moitié de ton séjour, tu es plus proche de cet arbre que de ta sœur.

Plus tard, Véra empile les denrées dans le chariot. Nous sommes au centre commercial au bord de la nationale. Je lui demande de ne pas prendre autant. Elle prétend que nous en avons besoin, m'envoie en quête de ce qui me fait plaisir. Je prends de la brioche, des bananes, du riz au lait. Je me sens un peu raidie du contact de tout à l'heure avec le plancher. J'ai l'impression qu'il est resté collé à un résumé de mon corps : arrière de la tête, omoplates, fesses, talons.

Sur le tapis roulant, Véra dépose de petites boules fripées qui ressemblent à des kakis séchés. Elle jubile. Ce sont des mandarines confites. Je vois défiler du couscous, des pois chiches, de la coriandre. J'insiste encore pour payer, même si je donne l'air de vouloir me faire pardonner.

Véra reprend le volant. Je n'y connais pas grand-chose mais de toute évidence sa voiture est vieille, les vitres se baissent à la manivelle. Dans les portières, lingettes désinfectantes, chewing-gums, tickets de parking. Par rapport à nos téléphones, l'heure a douze minutes de retard sur le tableau de bord. Je veux la rétablir, Véra m'en empêche, elle a l'habitude. Je la sens nerveuse. Quelque chose a changé depuis ce matin. Son regard, plus furtif. À deux reprises, j'ai cru le surprendre sur mon ventre.

— Je peux mettre la radio ?

Infos locales. La sécheresse de l'été, l'anxiété des maraîchers. Une porte d'un château gothique flamboyant a été retrouvée aux États-Unis, après son mystérieux vol une nuit de 1928. L'État appelle au financement collectif pour la rapatrier.

Véra me demande l'écharpe sur la banquette arrière. Des prospectus tombent. Orchidées de Brantôme et caves à vin. Je ne vois pas les autres sous le siège. Arrimée par la ceinture, je ne peux pas les ramasser. Des bourrasques amènent les feuilles mortes sur la route. Véra se concentre. Longtemps, j'hésite. Puis j'ose :

— Tu voudrais que je vienne voir chez toi ?

Son silence me fait douter d'avoir parlé. Sans se détacher de la route, elle finit par dire non de la tête, et augmente le volume de la radio.

Je ne dis plus rien.

Dans la pente avant la maison, je m'agrippe à la portière, c'est inutile, Véra sait conduire. Nous sommes garées sous le noisetier, la radio tourne encore, débat sur la chasse. Véra mime le geste d'apporter les cartons dans la cour pour libérer le salon. J'ai des doutes sur la météo. Elle pense que ça ira. Je dis que je l'aiderai mais d'abord je dois travailler. Elle secoue les mains, elle veut seulement mon accord, elle se débrouille,

— Non, je t'aide. Maintenant je ne peux pas mais après, tu m'as demandé de venir alors je t'aide, on est deux maintenant, on n'a plus que trois jours.

Elle prend son téléphone :

« C'est bon, je vais le faire. Je t'ai demandé par politesse. »

— Putain je suis ta sœur, Véra !

Je me mets à trembler. Véra fait non de la tête, gestes brouillons sur le clavier, elle efface plusieurs fois, respire fort. Je sors de la voiture et remonte à la chambre, au bord des larmes.

Les escaliers grincent. Tout s'entrechoque. Irvin. Ma présence ici. Qu'avais-je imaginé ? Je pense : tout ça, c'est à cause de Véra. J'ouvre l'ordinateur. Mon téléphone vibre.

« Pourquoi tu es méchante ? »

Je réponds aussitôt :

« Méchante ? ! »

« Tu fais comme si je n'existais pas. Tu ne me dis rien. »

Je vais ouvrir la porte. Véra est assise en-haut des marches, genoux à la poitrine. Je demande ce qu'elle veut que je dise, tout à l'heure dans la voiture j'ai voulu… Mon téléphone vibre encore, posé sur le lit. Je regarde Véra, j'attends qu'elle me montre son écran comme d'habitude. Elle pointe le lit. Je cède et vais prendre l'appareil.

« Tu te sens obligée. »

— C'est pas vrai !

D'une petite voix, je lui demande pourquoi elle ne veut pas que je vienne chez elle.

« Tu es ma sœur. Pas mon amie. »

La panique grandit dans mon ventre. Je vais m'asseoir à côté d'elle.

« Je n'ai pas honte. »

— Pourquoi tu dis ça ?

Elle répond que j'ai eu honte d'elle, maintenant elle me fait pitié.

Silence.

Je murmure qu'elle a tort. Elle se bouche les oreilles. Son téléphone tombe dans les escaliers. Le boîtier s'ouvre et rebondit jusque dans la cuisine. Véra aussi s'est mise à trembler. À cet instant, mon plus cher désir est qu'elle me prenne dans ses bras, mais elle me repousse, alors je me relève et lâche :

— Toi non plus, tu ne sais rien de ma vie.

11 NOVEMBRE

Véra reste au salon, moi dans la chambre. Le vent mugit. Quand j'entends Véra se rendre à la salle de bains, je descends me faire du café, remonte avec une tartine. Si je la croise, elle m'ignore.

Hier soir, nous avons sorti les cartons ensemble. Il n'y a plus que la table, les chaises, l'armoire et le canapé dans le salon.

Il fait presque nuit, mon reflet dans la fenêtre se superpose au marronnier. Le plafonnier comme une paupière avec ses franges, des cils de tissu. Véra vient me trouver. Elle va marcher, est-ce que je veux l'accompagner ? Je montre l'ordinateur, sincèrement désolée. Juste après, je regrette, essaie de la rattraper.

Elle n'est pas à l'étang.

Je débroussaille un sentier inconnu, longe une rivière asséchée jusqu'à un hangar, murs de chaux et chanvre effondrés. Le sable fait penser à une carrière d'équitation. La pénombre avale la forêt. Les arbres sont plus denses, la fougère grise, friable, je crois voir un entrelacs d'ossements. Si je connaissais les noms des végétaux, me seraient-ils moins effrayants ? Les histoires de mon père ne m'ont jamais fait ressentir le besoin de nommer la nature par un mot scientifique. Alors que dans le monde humain, la précision m'obsède. Je compare les dictionnaires, les synonymes, la nuance du moindre sens.

Un homme me croise, en gilet orange, peau froissée. Il s'enfonce dans le sous-bois. Un instant plus tard, détonation. Le coup de fusil est parti à moins de dix mètres. L'homme reparaît. Il parle dans une oreillette. Quelque chose comme : « C'est bon. » Une femme débouche à son tour, cheveux blancs, peau tannée, fusil tête en bas. Tous deux portent des bottes hautes. Je reste flageolante, dans l'attente d'une explication sur ce tir qui m'a frôlée alors que j'étais à vue. Ils s'éloignent sans me prêter attention.

J'entends le son d'une voiture. Je prends sa direction, obnubilée par le besoin de m'échapper du bois. Sur la route, le vent s'est refroidi comme s'il avait changé d'avis. La pluie commence à tomber. Des voitures me dépassent dans un rugissement mouillé, klaxonnent, je n'ai pas de gilet réfléchissant. Je reconnais un hameau voisin. Maisons récentes, couleur pierre, un seul réverbère. À mon passage, des chiens se ruent aux barrières et provoquent l'aboiement d'autres chiens. Des fenêtres s'ouvrent, on crie :

— La ferme !

Je m'approche de l'un d'eux. Sa queue fouette l'air, il bave, luit de transpiration et de pluie. Je peux sentir son haleine à travers le grillage. Je murmure que je ne suis pas méchante. Il se jette contre moi, plante les crocs dans le métal, les yeux fous. Je souffle encore :

— Je ne suis pas méchante…

Une femme sort sur un palier, en survêtement de sport :

— Tu la fermes, oui !

Je m'éloigne sous mon capuchon. Les chiens mettent longtemps à se calmer. Maintenant, les tirs se font entendre sur une autre colline. Je prends la direction du Pigeon Froid. Je pense à Octave. Son grand corps calme. Après le hameau, un panneau annonce : « CUIR ». Éclat d'un projecteur sur deux hangars. Des camions déchargent des peaux. Les portes sont ouvertes. Dédale de tissus. Je me perds dans des motifs et textures que je n'aurais pas pu imaginer. Au bout d'une allée, un homme en bottines serpent, la soixantaine, arrange un présentoir de laques. Sans se tourner, il veut savoir ce que je cherche. J'aimerais voir le cuir. Il me jauge. Manteau long, baskets, cheveux mouillés.

— Tu viens d'où ?

Son ton abrupt me met en confiance. Je parle des États-Unis, précise que je suis née ici, enfin à Sarlat. Il corrige :

— Ah mais c'est pas du tout ici, c'est le Périgord noir, ici c'est le Périgord vert, c'est très différent !

Je souris, c'est vrai. Il se retourne vers les laques. Je suis dans le cuir. Bon, qu'est-ce que je lui veux ? Je dis que j'écris des histoires, et lui ? Son visage s'éclaire. Il faut que j'écrive sur eux, il est le fils, il va me montrer. Premier étage. Milliers de peaux bovines, ovines, poissonnières, reptiliennes, étendues sur des socles à quatre pieds. Un musée d'enveloppes. L'homme se met à parler comme si le temps était compté. Ces hangars étaient une ferme transformée en casse automobile par ses parents. Pendant la guerre, sa mère ramassait les peaux de lapin. Ils ont commencé à rassembler les déchets de cuir de toute la France et maintenant, déclare-t-il fièrement, ils sont les plus grands fournisseurs du pays pour les artisans. Une passerelle, autre hangar. Il ne cesse de parler, Chanel, Vuitton ne savent pas ce qu'ils perdent avec les chutes, il me fait toucher une peau très fine, constellée de minuscules taches noires :

— Du mort-né. Du veau.

Sa voix prend le ton du secret :

— C'est quand…

Je l'interromps, je sais. J'ajoute que c'est doux, c'est vrai. Il jubile : les artistes en raffolent. Enfin, dans son bureau, il me montre un trésor, le sous-main, du saumon, est-ce que je sens les écailles, leur souplesse ? Il dit que c'est dur, les gens ne veulent plus de vrai cuir. Je vais parler d'eux, n'est-ce pas? Même si ça n'intéresse personne. Il me met à la porte sans autre cérémonie, devant les phares qui zèbrent la route.

Protégée par le tunnel végétal, j'arrive presque sèche au château. Devant le portail, un chevreuil s'abrite, lui aussi. Il ne m'a pas entendue grâce à la pluie. Il est grand, ce doit être un mâle. Il grignote dans un buisson. Nous sommes à trois ou quatre mètres, je n'ai jamais été aussi près d'un chevreuil. Trompette de chasse, au loin. Il lève la tête, se remet à manger. Je ne sais combien de temps nous restons ainsi. Je tente une approche. Plus que deux mètres. Je pourrais presque le toucher, mais il fuit.

Octave ne répond pas. L'écurie est ouverte, l'âne et le lama retranchés au fond du box. Pas de voiture. Il pleut trop pour marcher jusqu'à la maison. Des ruisselets coulent autour du pigeonnier. La toile claque sur les échafaudages, la porte se découvre par intermittence. Je m'aperçois qu'en fait, elle a été retirée. À sa place, un rectangle ouvert, noir. J'y pénètre. Une plateforme d'environ deux mètres carrés surplombe une fosse qui devait recueillir les fientes des pigeons. Ils nichaient dans les centaines de boulins creusés dans les murs jusqu'au plafond. Avec leurs angles arrondis, ils me font penser à une cave à vin. Sol impeccable. Je suis un peu déçue. Rien n'évoque l'incendie, sauf peut-être les trous au niveau du toit, dix mètres plus haut, que nos pierres combleront. J'y monte par une échelle branlante, m'assieds sur une poutre, face à la cour cinglée par la pluie. Les ruisselets se transforment en douves autour du pigeonnier. Une voiture arrive. Je fais de grands signes avec mon téléphone. Octave répond par un appel de phare. Il rabat sa capuche et court me rejoindre.

— Ça flotte, hein ! je crie.

Je l'entends qui s'ébroue. Vibration assurée de l'échelle. Octave s'installe à côté de moi, sac à dos sur les genoux.

— Tu es folle d'être montée, tu voulais t'envoler, ou quoi ?

— J'ai l'air d'aller si mal ?

Il regarde ma main sur mon diaphragme. J'ai la tachycardie. Je raconte le fusil, la détonation proche.

— Ah oui… C'est l'Armistice…

— Donc on chasse ?

— Comme tous les jours fériés. Avec le mercredi, pour les enfants.

Je dois me décaler, l'eau dégouline de nos imperméables et forme une petite flaque.

— Il y avait combien d'oiseaux ici ?

Octave sort une lampe torche de son sac, et se tourne vers le centre du pigeonnier. À sa construction, il y avait 1417 boulins, donc autant de nids. Moins maintenant, à cause des trous. Je calcule tout haut :

— Presque trois mille pigeons dans un si petit espace…

Octave braque la lampe sur mon ventre, dit que je dois vraiment porter un gilet de sécurité.

— Mais c'est la forêt, je m'offusque, on vit ici !

— Je sais…

— Et toi, tu faisais quoi dehors ?

— J'étais à l'affût d'un dindon.

J'éclate de rire. Il est sérieux. Le dindon d'un ami a disparu dans l'agitation d'une fête à Varaigne, il y tenait beaucoup.

— Ah, c'était aujourd'hui… Ils font toujours le concours d'imitation de glouglou ?

— Tu connais ?

— Moi aussi, j'ai grandi là.

Je déclame :

— La fête de la confrérie du Grand Ordre International des Dindons du Périgord…

Il ne sait pas que les deux années précédant mon départ, je n'y suis allée rien que dans l'espoir de le voir, nous nous croisions, moi flanquée de ma sœur, lui à l'écart, dans le verger aux poires, avec ses amis.

— Vous l'avez trouvé ?

— Non, mais je t'ai vue.

— C'est vrai ? je demande avec naïveté.

Il sourit, sort une autre lampe, demande si j'ai déjà regardé dans une caméra thermique. Il fait des réglages et me la donne.

Un monde lunaire apparaît. En clair, les sources de chaleur, écurie, château, forêt, leurs contours vacillants, comme si tout pouvait exploser dans l'instant. Je prends conscience de notre hauteur dans le pigeonnier, qui prolonge la muraille, elle-même incrustée dans la falaise. Tout au fond, l'étang doit être glacial, aussi noir que le ciel. Mais quelque chose scintille. J'ajuste la netteté. La statue. Très blanche. Je n'en reviens pas qu'elle dégage tant de chaleur.

— La pierre absorbe tout, dit Octave.

— Elle vient d'où, en fait ?

Il dit qu'elle était là avant sa famille. Sa grand-mère l'a fait rénover dans les années 60. Au début, elle était entourée d'autres statues, des angelots, des hommes.

— Pourquoi elle est seule maintenant ?

— Je ne sais pas. À l'époque des anciens propriétaires, il y avait des ormes à la place de l'eau.

— Ah bon ?

— C'est un étang artificiel…

Je remonte à la cour, fais le point sur l'âne et le lama, qui se sont rapprochés de l'extérieur. Leur éclat me rend mal à l'aise, on dirait des cibles d'un jeu vidéo de guerre. Je regarde Octave, m'en détourne aussitôt, douloureusement éblouie.

— Tu vois, les humains ? demande-t-il. Tu brilles tellement qu'on dirait du feu.

Je me décolle de la caméra. Cherche Octave, avant de réaliser que tout est noir. Je ne vois absolument plus rien. Je tâtonne. Il prend mon bras :

— Ne t'inquiète pas, c'est normal.

Je m'oblige à le croire. Dans l'œil qui ne regardait pas dans la lentille, ma vision revient déjà, mais assombrie, comme à travers des lunettes de soleil portées la nuit. L'autre œil reste aveugle.

— Il faut du temps à la rétine, dit Octave.

Je sens sa chaleur. Sa douceur me fait du bien. Le plastique concentre l'odeur de son corps et de la pluie. J'ai envie de me coller contre lui, qu'il me serre. Je l'interroge sur son travail. Sa voix s'égaye. Il évoque les orchidées, la disparition des pelouses calcicoles, les habitats tourbeux qui se raréfient. Me propose de manger. Il a faim. Je pense à Véra. Je lui écrirai depuis le château. Octave me guide sur l'échelle. L'âne braie.

— Pourquoi tu as un lama ?

— Il était au voisin. Je l'ai récupéré quand il est mort.

Je distingue la cuisine en silhouette, plus simple et fonctionnelle que dans mon enfance. Ce pourrait être à New York, chez Irvin et moi. Octave remet une bûche dans le poêle, me propose des olives, se met à couper quelque chose. À l'odeur, je devine du fenouil. Il dit que je l'ai fait réfléchir au nom du châtelet, il a fait des recherches.

— C'est drôle que tu dises châtelet.

— C'en n'est même pas un ! Il n'y avait que la tour. Après des siècles, on lui a collé ces corps de ferme. On disait le Puy Geoffroy. Puy veut dire colline en occitan, Geoffroy devait être le nom du gars qui vivait là. Quand Paris a voulu répertorier les campagnes, on a envoyé des fonctionnaires, ils ont entendu « Pigeon Froid », l'ont reporté sur les cartes et c'est devenu officiel. Il y a des tonnes d'histoires comme ça.

Je lui demande pourquoi il veut utiliser spécifiquement les pierres de ma maison. Il dit qu'elles sont de la même époque que le pigeonnier, c'est un trésor. Je ris, il ne doit pas se faire d'illusions. Il me détrompe. On ne sait jamais. En réparant la tour, il a trouvé deux squelettes gallo-romains dans un sarcophage, des enfants. Il n'avait jamais vu une telle disposition, en quinconce.

— Tu en as fait quoi ?

— Je les ai donnés au musée de Périgueux mais la police s'est repenchée sur les disparitions des trente dernières années, et j'ai été en garde à vue pendant trois mois. Interrogatoires et tout… Hyper stressant et ridicule : ils ont mille ans, ces os.

— Ils ne te croyaient pas ? je m'étonne.

Il a un rire :

— L'expertise médico-légale a fini par confirmer que les squelettes étaient trop anciens pour les dossiers en question.

Il me dit qu'il ne veut pas rénover officiellement le domaine, parce qu'il faudrait l'inscrire au patrimoine national, extrêmement réglementé pour correspondre à une période homogène. Il ne veut pas figer les choses. C'est mon père qui l'a encouragé à rénover, il lui doit beaucoup.

— Il avait un truc avec le pigeonnier, dit Octave.

J'ai un sourire. Il continue :

— Cette histoire d'incendie jamais élucidé… Il y revenait souvent.

— Oui.

— Avec vous aussi ?

Je ne réponds pas. J'entends le rire de mon père. Sonore. Grave. Ses mots sur le pigeonnier. Sa porte condamnée. Ma vue enfin nette, je regarde Octave éplucher des oranges sanguines, parmi des échantillons de bois étalés sur la table, avec des étiquettes.

— Pourquoi tu ris ? demande-t-il.

— Ce nom… Aulne glutineux.

— Il y en a plein autour de chez vous.

Ça me trouble qu'il dise « chez vous ». Je me penche sur un autre bois, orné d'une gravure élégante en forme d'araignée.

— Et ça, c'est quoi ?

— De l'orme. Une relique. Ils sont presque tous morts dans les années 70 à cause de la graphiose.

— C'est quoi ?

— Une maladie fongique. Tu peux la reconnaître aux dessins, c'est elle qui fait ça.

— Graphiose, je dis tout bas, comme une maladie de l'écriture.

Octave relève brièvement les yeux. Il me demande de lui parler de mes films, de ce qui m'anime. Mon ventre se noue, même si venant de lui, les questions ne sont pas embêtantes. Je reste vague, dis qu'il y a beaucoup à gérer, en ce moment. Il veut savoir si c'est à cause de la maison, si la quitter n'est pas trop dur.

— Non, je m'en fiche. Par contre, pour Véra…

Il affirme qu'il ne faut pas hésiter à lui demander de l'aide. Je réponds que ma sœur et moi sommes solides.

— Je sais.

Il nous sert du vin. Sur le plan de travail, des noyaux d'abricot sèchent. Bouteilles de jus artisanaux. Plusieurs poivriers en bois. Je cherche des traces de son couple, de sa vie. Des pots de confiture sont retournés au sol, le long des murs.

— Abricot, cynorrhodon, dit Octave.

Je salive à l'idée acidulée, m'aperçois que j'ai très faim. Je remercie Octave pour tout ce qu'il a fait pendant mon absence. Pour mon père et Véra. Il dit qu'il n'a pas fait grand-chose. Véra se débrouille. Il a même eu l'impression qu'elle le tenait à distance. Elle restait cordiale mais souriait peu.

Le sourire de Véra.

Le chagrin monte. Je dois faire un effort pour écouter. Octave évoque le déclin lent de mon père, la fin brutale. Je relance par des questions dont je n'entends pas la réponse.

— …il te préférait.

— Pardon ?

Octave reprend, cela ne devait pas être facile pour Véra de grandir avec une sœur aussi brillante que moi. Je pense : qu'en sait-il ? Je pense aussi que pour la première fois, un homme me complimente dans la langue française. Il refuse mon aide pour dresser la table, enfourne le fenouil. L'alcool chauffe mon visage. Je m'adosse au plan de travail. Il a retroussé les manches, une chemise se devine sous le pull. La vaisselle paraît lourde mais il amortit, ne fait presque aucun bruit.

— Tu connais l'histoire du pigeonnier ? je demande.

— Justement, personne n'a vraiment su…

Je prends l'air mystérieux :

— Les pigeonniers ont été construits pour permettre aux humains les plus riches d'assister à la reproduction des pigeons.

Il s'assied sur une chaise en biais, un bras sur la table. J'éclaircis ma voix, fixe la fenêtre pour rester concentrée :

— C'était incroyablement beau. Les pigeons étaient honorés, ils apportaient des messages, on pouvait les manger, même leurs fientes étaient récoltées pour fertiliser la terre. Ils avaient les plumes si chatoyantes et douces que les arbres ont développé des branches pour leur permettre de s'y nicher. Les pigeons étaient rares. Ils s'éteignaient vite, la mort de l'un entraînait celle de l'autre qui se laissait mourir de chagrin. Mais la force de vie surpassant tout, l'espèce a trouvé un moyen de survivre. Dans le rapprochement amoureux, à force de caresses, les oiseaux prenaient feu. Tout à leur ardeur, ils ne sentaient pas la douleur et se consumaient jusqu'à mourir l'un contre l'autre en laissant une cendre fertile et l'entrelacs des os. Pendant des siècles, les œufs sont nés de ces cendres. Elles pénétraient la coquille pour nourrir le pigeonneau, qui en prenait la teinte. Les reflets violacés de nos pigeons dans le cou sont la trace du chatoiement des flammes.

Un pli s'est formé sur le front d'Octave. Je le rejoins à table. Il nous ressert de vin. Il fait chaud. À la fenêtre, la condensation dégouline. Je confie que cette histoire me vient de mon père.

— Je ne savais pas qu'il en racontait.

— Ah bon ? Oui, tout le temps.

Je crois que nous sommes aussi surpris l'un que l'autre. D'après Octave, mon père était un modèle de rigueur scientifique.

Son téléphone sonne. Je l'encourage à répondre. Il me demande pardon, c'est peut-être sa compagne. Je vais dans le couloir. Une part de moi n'a plus envie d'être là. Je préviens Véra que je rentrerai tard. Je vois qu'Irvin m'a écrit. J'hésite. Je lirai après. Le couloir n'est pas chauffé. Je frictionne mes bras, regarde les tableaux, les portraits anciens ont été remplacés par des dessins, noms italiens, dates contemporaines. J'attends, je veux être sûre de ne pas interrompre Octave. Quand je le retrouve, il a servi le fenouil et des lentilles.

— Ça va ?

Nous rions, nous avons parlé en même temps. Il me désigne : moi en premier. Je l'interroge sur sa compagne. À demi-mot, je comprends qu'ils sont collègues à l'université, elle vit à Bordeaux, ils se voient peu.

— Et ça va ? je répète.

Il m'invite à manger, ça va refroidir. Je tousse à cause du poivre. Les plats sont délicieux.

— Si tu devais choisir, reprend Octave, tu préférerais être désirée toute ta vie sans émotion, ou aimée platoniquement ?

Je cherche à comprendre.

— C'est ce qu'elle m'a demandé juste avant de partir en vacances…

— Et avec la petite, comment ça se passe ?

Il dit qu'il faut trouver la juste place. J'acquiesce lentement.

— L'autre jour, elle m'a dit que je ne serais jamais son père.

— Ce n'est pas ta fille ?

Il prend l'air circonspect. Je bredouille, il me rassure, il n'a pas été clair. Au fond, la situation lui convient. Il ne souhaitait pas forcément un enfant. Swann avait trois ans quand il a rencontré sa mère. Elle en aura six. Ça devient plus facile maintenant qu'ils peuvent se parler, il a l'impression qu'elle l'apprécie. Il rit :

— Enfin, je croyais. Et toi ?

— Moi ?

Il me regarde gentiment. D'après Véra, j'ai rencontré quelqu'un de bien. Je pense : de quel droit parle-t-elle de moi ? Mais je fais oui de la tête.

— Tu repars quand ?

— Le 14.

— Et ça va ?

Je le taquine sur notre interrogatoire en miroir. À son tour d'être confus, j'effleure son bras, et comme pour le réconforter, je dis que ça va. Il me dévisage. Il cherche une vraie confirmation.

Je pense à Irvin. À l'anniversaire de notre rencontre, dans trois jours justement, ça fera huit ans.

Je parle un peu de ma vie américaine, l'industrie du cinéma, la difficulté des relations humaines. La conversation devient plus légère mais nous restons graves. Comme tous les soirs en ce moment, mon ventre gonfle, mon pantalon devient inconfortable. J'essaie de le cacher en floutant mon pull.

Après le dessert, j'écourte la soirée, remercie, prétexte Véra qui ne m'a pas répondu. En réalité, je n'en peux plus, d'être ici, devant Octave, je veux en finir avec la maison et cette vieille histoire. J'ai quinze ans, je lui demande de venir me chercher devant la cathédrale. Je porte ma belle jupe de patinage, les collants de dentelle, j'ai de l'ambre au cou, les lèvres sèches. Octave à ma gauche, conduit en silence. Je lui demande de ne rien dire à mon père, il me lance un regard, le même que tout à l'heure, quand il m'a demandé comment j'allais. Ce soir, je ne sais toujours pas ce qu'il pense de moi, mais désormais, qu'importe, ma vie est sur un autre continent.

La pluie s'est calmée. J'insiste pour rentrer seule. Octave me prête la caméra thermique, m'offre de la confiture que je lui demande d'ouvrir car il y met trop de force. Il m'accompagne un bout. Nous marchons lentement. Après le portail, je m'arrête, me dresse vers son visage dans la pénombre. Une réplique du scénario m'a traversée. Je l'embrasse près de l'oreille :

— Tu sais, il y en a qui disent que c'est quand on aime le plus, qu'on dit les choses qu'on pense le moins.

La fête était donnée par Laeticia, pendant les vacances de Noël, dans un lieu tenu secret. Rendez-vous sur la place de la cathédrale, on viendrait me chercher. L'invitation avait été glissée dans mon patin. Je venais d'avoir quinze ans, peu après l'incident de Véra sur la glace, et je savais que je partirais aux États-Unis six mois plus tard. J'avais passé la semaine surexcitée, hésitante, je n'étais jamais sortie seule. En fin de compte, j'ai prétexté un entraînement, donné à Véra les instructions pour les lasagnes et promis d'être revenue avant vingt-deux heures, surtout avant mon père qui n'en savait rien et travaillait plus tard à cause des spectacles de son et lumière en période de Noël.

Je me suis changée dans un coin de la cathédrale. Pull aux perles brodées, jupe de tulle, et un collier d'ambre délaissé par ma mère. J'avais lâché mes cheveux, ils sentaient le shampoing. J'étais la première mais dix-huit heures n'avaient pas encore sonné. J'ai fait un tour au marché de Noël installé sur le parking. J'avais acheté un rouge à lèvres et ne cessais de vérifier sa tenue dans les surfaces réfléchissantes, miroirs des cabanons à bijoux, verre soufflé, vitraux. La foule commençait à se dissiper. Je suis retournée sur le parvis de la cathédrale. À dix-huit heures quinze, j'ai vérifié sur l'invitation, c'était le bon endroit. Devant moi, les cabanons fermaient. Les lampions clignoteraient toute la nuit. Je n'osais pas me réchauffer à l'intérieur, de peur de manquer le rendez-vous. Je commençais à me dire qu'il y avait une erreur sur mon invitation, la fête serait dans une heure, les autres filles se connaissaient bien, l'information aurait circulé par oral. Je n'avais pas leur numéro.

Maintenant, les rues étaient désertes. Nuit de givre. À dix-neuf heures, un bus a toussé sur la place, deux silhouettes sont descendues pour clopiner vers le centre-ville. Le froid avait engourdi mes membres, je n'arrivais plus à manipuler mon sac. J'ai fini par rentrer dans la cathédrale. Cette année-là, la crèche était plus traditionnelle, santons d'argile, traits rugueux. J'ai piqué un berger pour Véra. En se décollant, le socle a déchiré un morceau de carton. J'ai recouvert le trou avec de la paille.

Quand il a été évident que personne ne viendrait, je me suis assise parmi les bancs pour réfléchir. Une femme est entrée, elle avait l'âge de ma mère, très maquillée, dans un manteau rouge. Ses pas ont résonné dans la nef. Sur l'écran de mon téléphone, mes lèvres se reflétaient. Le rouge avait presque disparu, sauf le pourtour desséché. Je l'ai frotté. La peau donnait une sensation de mollesse, j'ai imaginé que mon doigt s'y enfonçait jusqu'à disparaître ou qu'en tirant dessus, elle se décollait, distendue comme une baudruche à percer d'une aiguille. J'entendais les voitures, plus rares. Le dernier bus était passé. J'avais imaginé qu'à la fête, je trouverais bien quelqu'un disposé à me ramener chez moi. La femme en rouge est repartie. Les grandes portes ont claqué. L'écho m'a fait vibrer. Nous étions vendredi. J'ai fait défiler mes contacts jusqu'au nom d'Octave.

Il est arrivé trente minutes plus tard. Il était en période d'examens, la concentration se lisait sur son visage. Je l'ai remercié d'être venu. Sur le ton de la politesse, il a dit que c'était normal de me dépanner. Il m'a conduite en silence, les changements de vitesse imperceptibles, moi encombrée de perles et de tulle, osant à peine le regarder. De profil, son nez se détachait nettement du bonnet. Il a voulu savoir si j'allais bien. J'ai fait oui de la tête. Après un moment, j'ai murmuré qu'il ne fallait rien dire à mon père. Octave a haussé un sourcil, les yeux sur la route.

— Tu m'as parlé ?

J'ai répété à peine plus fort :

— Il ne faut pas le dire à mon père.

Sa pomme d'Adam a bougé, mâchoire contractée. Il a hoché la tête. Je me suis tournée vers la fenêtre. J'aurais voulu pouvoir faire semblant, au moins, d'être fière d'une sortie clandestine. Pour me soustraire à son regard, j'ai fermé les yeux.

— Ça va aller ? a demandé Octave, une fois devant la maison.

Je m'étais hâtée de sortir et sans le vouloir, j'ai claqué la portière. J'ai voulu rouvrir mais la voiture s'éloignait déjà. Il n'avait pas coupé le moteur.

Véra m'attendait dans le salon, pull mouillé, les joues rouges. Elle a montré la salle de bains. Les éclaboussures avaient atteint les murs autour de la cuvette, la serviette gisait détrempée.

— Qu'est-ce qui s'est passé ? ai-je demandé, le devinant.

À contrecœur, je me suis penchée sur la cuvette.

Le chaton flottait, la tête et les pattes avant avalées par le siphon. La chasse d'eau n'avait pas fonctionné jusqu'au bout. L'idée m'a traversée de la tirer encore. J'ai saisi le chaton par la queue. Il y a eu un effet léger de ventouse. Dans ma main, sa petite mâchoire, les yeux entrouverts, pleins d'eau, si minuscule, une ossature de libellule. Il vivait avec nous depuis un mois. La veille, Véra et moi nous étions amusées de ce qu'il finirait probablement par rester « le chaton ». Je l'ai posé sur une serviette propre. Un hoquet remuait Véra. Elle pinçait les lèvres, les doigts noués. J'ai voulu nous réconforter mais comme je m'approchais, son visage a changé. Il est devenu étrangement neutre. J'ai demandé ce qui s'était passé. Sans attendre de réponse, j'ai dit que le chaton était tombé, il avait voulu boire et il avait glissé. Je lui ai demandé de faire oui de la tête. Véra me fixait. J'ai fait le geste moi-même, en répétant ce que je venais de dire, pour m'en convaincre. Véra commençait à me faire peur. Je cherchais désespérément de la tendresse en elle. J'ai fini par murmurer :

— Qu'est-ce que tu as fait ?

Elle a écarquillé les yeux. J'ai pris sa tête entre mes mains, serré aussi fort que je pouvais en continuant d'agiter ma tête, j'avais le tournis, ses joues pressées lui donnaient un sourire, le même qu'au réfectoire, des années plus tôt, face à Margaux, ou Chloé dans le vestiaire de la patinoire. Son absence de résistance m'a fait hurler :

— Il n'avait même pas de nom !

Elle a eu un râle. Je l'ai relâchée.

Nous nous sommes assises sur le canapé, le chaton dans la serviette, sur mes genoux. J'étais épuisée. La voiture de notre père s'est fait entendre. J'ai regardé Véra avec défi.

— C'était un accident, ai-je dit dès qu'il a passé la porte.

Il a posé deux paquets cadeaux devant la cheminée, retiré son manteau.

— C'est pas la faute de Véra.

— Les filles…

— Il est tombé tout seul.

Mon père s'est appuyé sur la table. Il m'a longuement regardée. J'ai baissé les yeux sur le petit emballage qui mouillait ma jupe. Pris conscience que je portais encore la tenue de fête, l'ambre de ma mère. La déception de mon père. J'ai tout avoué. L'invitation, l'humiliation. J'étais désolée.

J'avais eu tellement envie. J'avais imaginé que ça irait... Véra s'est levée. Mon père a eu l'air surpris, comme s'il venait de comprendre. Véra me tournait le dos, la respiration forte, elle semblait manquer d'air. Avec lassitude, il a dit que ça ne suffisait pas d'imaginer. Je n'ai pas compris. J'ai ouvert la serviette, pour nous ramener au vrai sujet. Il a à peine regardé. Il est allé chauffer de l'eau. Depuis la cuisine, il a dit qu'il comptait sur moi. Nous ne pouvions pas nous disputer comme ça. Il regrettait que nous soyons si seules. Son travail n'était pas un jeu. Ce n'était pas un jeu pour lui de raconter toutes ces histoires à ces gens qui les oublieraient aussitôt.

— Pense à ta sœur.

Il a pris les escaliers. Véra s'est retournée. Elle avait l'air plus sûr. Le chaton dans mes bras, j'ai suivi mon père jusqu'aux premières marches. Je lui ai crié qu'il ne savait rien de ma sœur. D'une voix blanche, j'ai ajouté qu'elle pourrissait ma vie, je comprenais notre mère, je détestais cette maison, je détestais ma sœur, j'aurais voulu qu'elle ne soit pas née, j'en avais marre de tout faire pour la protéger, elle n'était qu'une égoïste, pire, une débile, oui sans doute elle était bête, débile, idiote, juste bonne à cracher des limaces. Je me méprisais d'avoir de telles pensées.

Véra a le pouvoir de me donner de telles pensées, m'étais-je dit dans l'avion, comme encore aujourd'hui, et qu'à travers le hublot cinglé par la pluie, je ne voyais plus rien de ce pays.

La camionnette paraît chétive face au tas entreposé pour la décharge. Véra l'a recouvert d'une bâche fixée par des pierres. J'ai des remords d'être rentrée si tard. Il est presque vingt-trois heures. Je n'allume pas la lumière. Il flotte une odeur de moisi, accentuée par l'humidité. Sur la table, le pain se rabougrit à côté d'une tache blanchâtre. Je crois que du fromage a coulé, mais non, il se recroqueville dans la cage, et cette tache n'a pas d'odeur, c'est une bougie qui a fondu et phagocyté la mèche. Le message d'Irvin. Mon cœur bat plus fort à la perspective de le lire. Je m'installe sur le canapé avec la confiture, même si je n'ai plus faim. Je découvre qu'Octave m'a écrit aussi. Je ne sais lequel lire en premier. Je me décide pour Irvin.

Il demande comment je vais et signe « Irvin ». Je relis plusieurs fois. Irvin n'a pas signé de son prénom depuis notre premier baiser.

Quant à Octave, il est content de m'avoir vue, il est là, nous ne devons pas hésiter à l'appeler.

J'ai un mouvement de frustration envers l'un et l'autre. Contre la nausée, je presse un demi-citron, puis reprends une large cuillerée de confiture, langue anesthésiée par le sucre.

Les habits de Véra traînent dans la salle de bains. Je me déshabille face au miroir. Le dessin des veines ressort sur la peau pâle. Je mets l'eau très chaude, j'ai tellement froid. Tu me reproches de ne pas me confier à toi, Véra, de te fuir. C'est que je ne sais pas quoi dire de moi. Tu ne sais pas toutes les fois où j'ai parlé pour toi, pour que ta vie soit plus douce. Tu te trompes. Je n'ai jamais agi par pitié, mais pour te protéger. Je suis incapable de te parler parce que je n'ai pas eu la force de rester. Je vais repartir, et j'ai besoin de savoir qu'au moins tu ne me détestes pas. Tu ne sais pas combien je t'aime.

Je serai toujours là pour toi.

Quelle aberration.

Que signifie être là pour quelqu'un ? Je ne le suis pas pour toi, ni assez pour Irvin, et me sens incapable de l'être pour un enfant.

La douche s'est bouchée. Je fais couler le jet d'eau à pleine puissance dans le siphon. Le bac se remplit. Le siphon crachote, puis rejette une boule de crasse avec nos cheveux entremêlés. L'eau les délie en mèches interminables, ni Véra ni moi n'avons des cheveux aussi longs.

Je perds la notion du temps. Ma peau a rougi. La buée forme un nuage palpable.

Quand je sors de la cabine, je vois dans la surbrillance légère d'un film gras, des lettres tracées au doigt sur le miroir : « pardon ».

Je me retourne plusieurs fois sous la couverture, avant de m'immobiliser pour ne pas réveiller Véra. Je l'entends respirer. J'ai soif mais renonce à descendre, je ferais craquer les escaliers. Son souffle est calme. En écoutant bien, je m'aperçois qu'il est plus rapide que pendant le sommeil. Elle ne dort pas. Maintenant, c'est son éveil qui m'empêche de sortir du lit.

J'aimerais savoir ce que ça lui fait, de quitter cette maison dont je croyais avoir fait le deuil il y a quinze ans. Je voudrais aller au salon, rapporter les choses entassées dehors, réunir la poussière des fusains, que les murs croulent sous le papier, la cage sous le fromage et que la maison empeste pour toujours. Savoir de quoi elle rêve, ma sœur, si elle aussi voit notre père au cou fragile, qui dort, la veine dans le cou palpitant sous la peau desséchée. Le souffle qui sort de ses narines comme s'il était paisible. Son corps qui semble dire : votre père n'est déjà plus là, mais ailleurs, dans un souvenir. J'ai envie de crier qu'il se réveille, je veux hurler le nom de mon père et dire : laisse-moi, mais reste.

Mais Véra ne peut pas répondre dans le noir et je n'en veux plus de nos écrans. J'attends longtemps, sans savoir qui de nous deux s'endort la première.

Je sais qu'Irvin m'en veut. Je l'ai blessé par mon silence.

Sur les forums, je lis qu'il faut écrire, donner un prénom. Faire exister. L'idée me semble affectée. Pourtant, je passe des heures à chercher des conseils. Je me trouverais ridicule de m'adresser à un être qui n'est rien pour moi, que je n'ai pas voulu. De toute façon je ne te voulais pas. Tu n'es rien. Tu n'as rien été. Je dois cesser de lire ces choses car plus je le fais et plus j'entends : qui aurais-tu été ? Aurais-je su t'aimer ?

Je n'ai pas eu à décider, mon corps l'a fait pour moi.

Cette nuit-là, je n'ai pas réveillé Irvin. J'avais lu que pour traverser de grandes douleurs, il ne faut pas tenter de résister, mais se concentrer sur elles. Je n'ai pas réveillé Irvin car je n'avais pas la force de le rassurer. J'ai attendu qu'il s'en aille au travail pour prendre le métro puis le bus pour l'hôpital. Le gynécologue m'a dit qu'il restait du matériel. Un médicament provoquerait l'expulsion des débris. Étage des accouchements. Des femmes se reposent dans le couloir, un nouveau-né dans les bras. J'entends le bruit du bac en métal de ma voisine dans ses va-et-vient aux toilettes. Dans mon ventre, ça reste sec. À dix-neuf heures, on me donne une autre dose de médicament. Je suis rentrée à vingt-trois heures sans avoir perdu une goutte de sang. Dans le métro, braquée sur l'autorisation de sortie, sur les mots anglais qui ne peuvent pas correspondre à ce qui est survenu dans mon corps.

L'hémorragie a commencé le lendemain. Après dix jours, elle ne tarissait pas. Il a fallu opérer. Alors seulement, j'ai parlé à Irvin.

Nous avons refait l'amour à la fin des saignements. Irvin semblait ne pas me voir depuis des semaines. J'ai pris l'initiative. Son sexe a mis du temps à se dresser sous ma bouche et mes mains faussement joueuses. Quand je suis venue sur lui, j'ai cherché son regard. Il avait fermé les yeux. J'ai plaqué mes hanches plus fort contre les siennes, penchée sur son visage. Je n'osais pas lui demander de me regarder. Quand j'ai compris que les seuls mouvements venaient de moi, j'ai fermé les yeux aussi, tant mieux, il ne me voit pas pleurer.

Après, j'ai enfilé un t-shirt et je suis sortie sur le balcon malgré le froid. Ça sentait la friture dans les bouches d'aération. Je suis restée au moins dix minutes, jusqu'à ce que j'entende Irvin s'approcher. Il s'est enroulé autour de moi avant de me ramener au lit.

Pendant la nuit, j'ai été réveillée par son corps qui me pénétrait doucement. Je me suis abandonnée à cette lenteur, densifiant les gestes. Temporiser. Tant que nous ne jouissons pas, nous sommes ensemble.

12 NOVEMBRE

Pour une fois, je me suis levée avant Véra, je voulais préparer la table du petit-déjeuner. L'odeur de pourriture est devenue asphyxiante au point que je me demande si ce n'est pas mon nez ou mon cerveau, le problème. Quand Véra descend, je suis rassurée, elle aussi fronce le nez. Elle ouvre l'armoire vide, renifle le fromage, le panier de champignons, tourne autour de la cheminée, nous cherchons un cadavre. En fin de compte, elle hausse les épaules : à quoi bon, nous partons dans deux jours.

Nous avalons une tartine, un bol de café, regards gênés. La pluie tambourine.

« C'était bien, hier ? » écrit-elle.

Je me sens rougir. J'évoque la soirée improvisée chez Octave, ma découverte du pigeonnier. Prise dans le récit, je m'enthousiasme, raconte la caméra thermique. Véra m'écoute avec curiosité.

Elle connaît ces caméras, elle en utilise pour repérer les chasseurs.

Nous faisons le point sur ce qu'il reste à faire. Charger la camionnette, sortir les meubles. S'occuper de la chambre de nos parents. À cette idée, nous restons silencieuses. J'informe Véra qu'auparavant, je dois absolument travailler, le scénario ne progresse pas.

L'ordinateur ventile. Je le redémarre. La gouttière gicle sur un des troncs du marronnier. À cet endroit, la mousse est plus épaisse. J'ai l'impression d'être sur le front d'un cerf, devant ses bois.

Je n'ai pas commencé à travailler que Véra débarque en trombe. Radieuse. Elle agite sous mon nez une masse dégoulinante, un champignon pourri, c'est lui qui dégage l'odeur pestilentielle, il a contaminé les autres, elle a tout jeté. Je la félicite mais j'écarte son bras, de peur de lui vomir dessus. Elle sort en sautillant.

J'ouvre la fenêtre. Des feuilles de lierre rouges se déposent sur le plancher. Je les mets sur la commode. Elles palpitent un instant, petits cœurs venus s'éteindre en dehors de leur cage.

En début d'après-midi, je retourne au salon. Mes pieds touchent un sol mouillé. Véra a passé la serpillière. Elle est perchée sur l'escabeau dans un halo de poussière, la tête dans le conduit de la cheminée qu'elle éclaire avec son téléphone. Elle agite sa main libre, je dois lui passer la tige en métal posée à ses pieds. Ses doigts sont contractés par le froid, la peau asséchée. Je regarde mes propres mains. Je ne les aime pas. Les articulations osseuses m'empêchent de porter des bagues.

Véra descend de l'escabeau. J'ai un choc. Ses cheveux sont gris. Elle va dans la salle de bains. Je la suis pour me regarder dans le miroir. Moi aussi, je suis devenue grise. Nous sommes couvertes de cendres. Véra retire son pull, l'époussette dans la douche. La blancheur onctueuse de sa peau contraste avec les plis que la cendre révèle. Je me détourne. À force de les scruter, j'ai l'impression que mon regard les a faits naître et qu'ils ne disparaîtront pas. Nous avons l'air vieilles. Je le fais remarquer à Véra, retournée dans l'âtre. Elle éclate de rire, écrit sur le mur avec la cendre :

« Enfin ! »

La chambre de nos parents dégage l'odeur d'une cave pleine de légumes. Après l'enterrement de mon père, ma mère était venue récupérer des affaires. Ne reste plus que ce grand lit de bois massif, avec deux tiroirs, si lourd qu'il a creusé le plancher. Personne, pas même Octave, ne pourra le bouger. Nos initiales sont gravées aux quatre pieds : à l'avant celles de nos parents, N et M, à l'arrière A et V.

Les tiroirs sont presque vides. Magazines d'histoire et de géographie, un paquet de mouchoirs, des pastilles à la framboise. Je regarde Véra. Son visage exprime de l'étonnement. Elle me passe un livre. Témoignage d'un aventurier américain. Il date des années quatre-vingt. En guise de marque-page, un feuillet cartonné avec l'écriture de mon père : « Mes amours, mes princesses. Faites en sorte de vous aimer toute votre vie. Ne perdez pas de temps pour ce qui n'en vaut pas la peine. Je vous aimerai toujours. » Je traverse la page indiquée. L'explorateur, sur la banquise, suit des traces animales. Rien ne laisse deviner que dans ce passage, mon père voulait nous parler.

Nous trouvons des photos argentiques emballées dans du lin. Corps d'homme et de femme enchevêtrés, nus. On ne voit pas les visages mais les devine complices. Sur une autre photo, beaucoup plus jeune, la femme pose devant la maison, dans un manteau blanc. D'après la date, je naîtrai dix mois plus tard. Je fixe l'image. Cette femme qui est ma mère, et ne l'est pas encore. Véra et moi restons penchées dessus, la tenant chacune par un bout. Véra lève les yeux vers moi, interrogative. Je secoue la tête, je n'ai pas de ses nouvelles. À mon tour, je la regarde : et elle ? Son geste est très lent. Non plus.

Le matelas s'est densifié, trop épais pour être roulé. Nous n'avons pas de sangle, il ne passera pas sur le palier. Véra étudie la porte-fenêtre. Initialement, ce n'était qu'une fenêtre. Mon père avait cassé le mur à la demande de ma mère, peu avant qu'elle nous quitte. Ce geste l'avait-il décidée à s'en aller ? Véra me lance un regard équivoque.

Un instant, j'ai cru qu'elle avait réussi à lire dans ma pensée.

Apparemment, la poignée est bloquée. Dehors, il pleut. Véra étudie le chambranle, force un peu. C'est trop tard quand je lui crie de reculer. Le nid s'est cassé. Les guêpes se mettent à tournoyer, belles dans la chorégraphie, je crois les voir au ralenti, hallucinées. Véra bouge aussi. Une danse tribale. Son cri me sort de l'hébétude. Je cours chercher une couverture et l'enserre jusqu'au palier, la soulevant malgré son poids, referme la porte. Les guêpes grésillent de l'autre côté. Véra se tient la tête. J'écarte ses mains. Les boursouflures la défigurent.

Je l'assieds sur son lit, la badigeonne de crème désinfectante, retire les dards à la pince à épiler, couvre ses yeux d'un linge imbibé d'eau chaude, ensuite je pose les pansements. Elle presse ma paume contre sa joue. Ce geste me déchire, car j'ai l'impression de l'avoir aidée moins pour lui éviter les piqûres que pour ne pas entendre son cri. Je ne le supporte pas. Je préfère son silence.

Elle garde les yeux fermés. En caressant sa nuque, j'observe l'implantation de ses cheveux, mèches fragiles sous les oreilles, les tempes presque dégarnies. Cet ordre aléatoire m'émeut. Je me penche jusqu'à distinguer le duvet autour des lèvres, les points noirs sur le nez. Cet œil, cette bouche, ce front, c'est ma sœur, je dois me répéter.

Je lui annonce que je vais tuer le nid.

Le malaise m'envahit face à l'insecticide. De toute façon, les guêpes ne survivraient pas à l'hiver. Et nous n'avons plus de raison de retourner dans la chambre. Mais j'y retourne. Celles qui ont piqué Véra gisent dans le sillon de notre fuite. Les autres sont rentrées dans ce qui reste du nid fixé au chambranle. Bourdon léger. J'en vois frémir. Je gicle un jet puissant. Les premières sortent aussitôt. Je cours sur le palier. La porte claque et dans un drôle de réflexe, je la ferme à clé.

Nous écoutons, assises sur le lit de Véra. J'imagine les guêpes se déchiqueter, les voies respiratoires brûlées.

— Tu n'as pas trop mal?

Véra saisit une feuille de lierre sur le buffet, compare les dermatoglyphes de nos mains avec les lignes végétales. Au bout de mon index brûlé, je constate que la peau s'est reformée sans lignes digitales. Dans ma paume, Véra trace des lettres avec un doigt. Quand j'ai compris, je retire ma main, m'écriant que non, ma plaie n'est pas une verrue.

De l'autre côté de la paroi, le bruit s'est tu, tout comme la pluie, transformée en brume. On ne distingue plus le marronnier. La chambre me paraît soudain très sombre.

— Qu'est-ce qu'on fait du lit de maman et papa?

La question flotte. Véra regarde l'ordinateur, veut savoir si j'avance. Je parle du scénario, des injonctions contradictoires. Un acteur célèbre a fini par accepter l'un des rôles principaux à condition qu'il apparaisse dans chaque épisode. Ce personnage meurt dans le quatrième. Son importance se révèle en creux, par l'absence. Nous n'avons pas le choix, il faut tout réécrire. Véra mime un mort qui se réveille : allons-nous le ressusciter ? Je secoue la tête. Impossible. Mais travailler sur le souvenir en flash-back.

Dans une impulsion subite, je lui demande si elle veut bien lire mes textes, je traduirais en simultané. L'air ravie, elle prend l'ordinateur sur ses genoux. Son regard me stresse, je me justifie :

— Ils disent que mes dialogues sont trop littéraires… Ils me font rire, je n'ai jamais écrit pour autre chose que le cinéma… En gros, il faut mimer la réalité, sans que ce soit réel…

Je lui fais part de mes doutes sur la séquence où l'athlète vainqueur attend la date de son exécution. Il vient de comprendre la perversion du système qui l'a piégé.

Véra reste en silence sur le texte en anglais. Elle finit par écrire directement dans le fichier :

« Mais en fait, pourquoi il doit parler s'il va mourir et qu'il le sait ? »

Nous sommes interrompues par des coups contre la porte d'entrée. Nous guignons par la fenêtre. Octave. Véra me jette un regard apitoyé, je suis encore en pyjama, chaussettes en laine jusqu'aux genoux, cheveux ébouriffés. Elle me jette un de ses pulls.

Octave vient estimer la taille de la remorque dont nous aurons besoin pour emporter les meubles à la décharge, demain. Il a promis son aide à Véra. Il s'inquiète de ses pansements, puis regarde alentour, la pièce quasiment vide, et nous félicite, ce qui m'énerve. Il évite un peu mon regard. Son enjouement me paraît forcé.

Ensemble, nous sortons les gros meubles, l'armoire et le canapé, en les faisant glisser sur une toile de jute. Avec la table, c'est plus facile. Nous empilons les chaises en bas du perron. À l'étage, j'empêche Octave d'ouvrir la chambre parentale, à cause des guêpes, je ne veux pas qu'il voie. Je suis moins gênée que je croyais de lui montrer nos lits d'enfants. Nous ne descendons que la commode.

Avant de partir, Octave nous donne des châtaignes.

— On va faire du feu, tu restes avec nous ? je demande.

Il regrette, sa compagne est à Bordeaux mais sa fille arrive pour trois jours, il veut préparer la chambre. Il jette un œil circulaire au salon :

— Vous n'avez plus rien ici, venez dormir au château…

Véra se ferme. Elle refuse pour nous deux. Puis me regarde, et sourit à Octave.

Les bûches ont pris feu dans l'instant, elles séchaient depuis cinq ans. Nous restons béates, au plus près de la chaleur. Mais la fumée ne monte pas. L'air devient irrespirable. Des insectes sont éjectés avec les étincelles, d'autres se traînent loin du foyer. Une main sur le nez, nous essayons de comprendre ce qui ne fonctionne pas. Véra manipule la grille d'aération, j'ouvre porte et fenêtres. Il fait si froid qu'après cinq minutes, Véra me demande de refermer. Au même instant, une espèce de boule molle, pleine de suie, tombe dans le feu. Nous restons suspendues. La fumée se dissipe. Le conduit a l'air de fonctionner. Je veux danser mais Véra me donne le livre de recettes à la page du foie, sur son lit d'oignons confits au Monbazillac. L'autre jour au supermarché, nous nous sommes découragées face aux tripes. J'ai posé plein de questions. Le jeune homme en charge du rayon s'est impatienté, j'ai dû dire que je n'avais pas l'habitude de manger de la viande, il a ri, lui non plus, en réalité il n'y connaissait rien, c'est pourquoi je l'avais stressé.

Véra déballe le foie comme si elle découvrait un oisillon dans un œuf. Très lisse, glissant comme son emballage qu'elle rince, avant d'y découper le foie pour éviter les taches de sang. Il sent le fer. Je touche. Plus solide qu'il n'en a l'air. Véra tapote le métal du plan de travail et gonfle un bras. Je réponds que je ne suis pas carencée. Mais elle, si. Je me lamente : suis-je aussi égocentrique ? Elle lève les yeux au ciel et pointe le livre avec son couteau. Je lis à voix haute :

— Découper le foie en lamelles. Réserver. Faire revenir les oignons dans un peu d'huile ou de la graisse de canard.

Ses gestes devancent ma voix. Je continue quand même :

— Ajouter le foie. Saupoudrer de sel, de poivre et de fond de viande. Verser le Monbazillac.

Nous n'en avons pas. Je sors une bouteille d'alcool de coing de la réserve secrète dans le mur. Véra applaudit. Elle se sert un verre. Se fige, le temps de me regarder faire pareil. Elle trinque, mais je la sens moins joyeuse.

Nous mangeons devant le foyer, sur une couverture de survie que j'ai trouvée près de la chaudière. Une fois cuit, le foie s'effrite dans la bouche. Je pense au *sponge cake* d'Irvin. J'essaie d'ignorer le goût de métal en me concentrant sur les oignons. Véra nous apporte de l'eau. Le salon vidé, j'ai remarqué que nous avons tendance à longer le mur, alors que les fourmis se sont mises à traverser la pièce d'un bout à l'autre par le milieu. J'essaie de me représenter ce que signifie cet espace, par rapport à leur taille. Elles font deux files pour contourner le citron racorni, se rejoignent après. Sur internet, j'ai lu que les fourmis sont censées passer l'hiver profondément dans le sol.

— C'est bizarre qu'elles soient là, non ? dis-je à Véra, qui reste indifférente.

Le conduit fonctionne si bien que même la chaleur monte et nous devons rester tout près de l'âtre. Nous dégustons les mandarines confites. Il faut mâcher longtemps, la chair résiste. Véra se replie, menton sur les genoux. À plusieurs reprises, elle se racle la gorge. Avaler l'irrite. J'ai la pensée absurde que c'est étrange d'avoir mal ici quand on ne parle pas. Elle me montre un tube d'analgésique sorti de sa poche, m'écrit sur la notice d'emballage, avec un tout petit fusain :

« Je me bourre de ça. »

Je réprime un fou rire à cause du verbe « bourrer ». Elle veut que j'en prenne aussi. La pastille rend ma langue pâteuse, engourdie par la sensation de froid. Véra, elle, n'a pas à articuler. Je me rappelle qu'il m'est arrivé, parfois, d'envier son silence. Je ne sais plus dans quel contexte.

— Tu n'aurais pas dû te coucher par terre.

Véra proteste. J'insiste. Elle s'énerve.

— Ok, je soupire. À toi le dernier mot.

Elle écrit.

Son dernier mot, je pense. Prononcé quand elle avait six ans. Quel était-il ? Sûrement banal, « non », « pourquoi », « d'accord ». Le premier mot, on le consigne, on l'attend. Mes amis devenus parents sont ridicules avec ça. Mais le dernier mot? On cherche à l'avoir, sans vouloir l'entendre des autres. J'ai beau tous les convoquer, mes souvenirs de l'époque où Véra parlait encore m'apparaissent comme une masse indistincte de notre environnement et de nous-mêmes. Je m'aperçois qu'aujourd'hui, même quand j'essaie de converser dans mon imaginaire avec Véra, elle ne parle pas.

Véra me tend le bout de papier :

«Je prends des douches froides pour te préserver.»

— Me préserver de quoi ? je demande abruptement.

J'ignorais que je prenais toute l'eau chaude. Avec dépit, je reconnais m'être attardée. Véra remet une bûche, jette au feu la notice du médicament.

— Tu crois que tu aurais un accent?

J'ajoute, pour nuancer mon ton de la plaisanterie :

— Si un jour, tu reparlais…

Elle imite l'âne.

Puis écrit sur le sol, avec la pointe du fusain devenu si fin qu'on dirait que ses ongles inscrivent :

« Si je n'étais pas ta sœur, tu serais amie avec moi ? »

J'ai trop peur de briser notre semblant d'harmonie. Je réfléchis longtemps, veux être sincère. D'une voix aussi douce que possible, je réponds que non, je ne pense pas. Contre toute attente,

Véra a l'air soulagée. Elle dit qu'elle ne m'aurait pas cru si j'avais dit le contraire.

— Et toi ?

Elle réunit les épluchures de mandarine. Elle grimace, prend l'air carrément dégoûtée puis me tire la langue. Mais son regard sourit.

L'alcool nous enivre doucement. Je vais aux toilettes pour me laver les mains. Quand je ressors, Véra se balance d'un pied sur l'autre, avec lenteur, les yeux fermés. Un ours de foire, pattes en l'air, équilibre lourd, précaire. Je ne comprends pas son rythme. Je vais poser mes mains sur sa taille. Ses bijoux s'entrechoquent. Je la fais accélérer, tente un contrepoint. Elle suit. J'imprime une pression sur ses hanches, elle fléchit les genoux, je la lance, elle saute en demi-tour, bras écartés, atterrit sur une jambe, l'autre relevée en arrière, la tête haute, dans son pantalon plein de poussière. Elle tient la posture quelques secondes et repose le pied, me fait un salut de danseuse, la nuque très basse.

13 NOVEMBRE

La décharge se trouve à trente minutes de chez nous, en périphérie de Nontron. Il faut traverser la forêt, des champs retournés jusqu'aux hangars dans une plaine de béton. La fumée des déchets carnés monte haut dans le ciel blanc. Véra et moi sommes venues en camionnette orange pleine de cartons, Octave avec nos meubles. Sitôt qu'elle nous a repérées, Swann court vers nous. L'air pique, le plus froid depuis que je suis là. Elle est grande pour ce que je sais d'une fille de cinq ans. Menton pointu, profil de hamster, imperméable du même vert que celui d'Octave. Je la trouve jolie. Sa mère doit l'être aussi.

— Ça fait mal comment? demande-t-elle à Véra, montrant les pansements.

Elles se connaissent. Véra grimace pour la faire rire, Swann se cache les yeux en signe d'empathie, puis me donne, intimidée, un paquet huileux:

— Cornettis d'Italie.

Elle détaille les parfums, nature, crème d'amande, confiture, noisettes.

— On les mangera après, crie Octave depuis la remorque dans le vent.

L'arrivée d'un camion couvre sa voix. Tous les quatre, nous restons un moment hébétés. Le camion recule devant la fosse à métal. Son dos se soulève, le chargement s'écrase dans un bruit de tonnerre. Swann se bouche les oreilles. Manipulé par un homme en surplomb, un bras mécanique déchiquète, entasse, pour le bulldozer qui vient racler le tout vers un autre hangar. Machines jaunes, containers bleus, les couleurs détonnent, on se croirait dans une attraction foraine. Mais le boucan d'un chantier, l'odeur d'un charnier.

À l'autre bout du site, un dépôt d'objets en bon état permet de se servir avant que des associations caritatives n'en constituent leur fonds. Les périodes d'ouverture sont rares, nous sommes le premier jour, signale Octave, d'où l'affluence. Les voitures défilent. Beaucoup d'hommes seuls, bottes, chemises hivernales, regard fuyant. Je distingue un couple, une famille. Une femme grosse propulse chaque jambe dans un effort apparent. Avant de les jeter, un homme aux mains fripées scrute l'intérieur de ses conserves, comme pour vérifier qu'elles sont vides. En général, les gestes sont rapides. Vaguement honteux. On se hâte de céder la place.

Nous aussi procédons vite. Nous faisons la chaîne, nous passons le carton, le plastique, gardant l'œil sur Swann. Octave soulève les choses, efficace, je ne sais pas ce qu'il pense mais son grand corps s'exécute. Véra et moi aussi sommes mécaniques. J'imite Octave pour ne pas réfléchir devant la fosse aux meubles. Fauteuils décapités, chaises brisées, portraits d'inconnus. Swann s'approche. Elle trouve qu'on dirait de la soupe à monstres. Je vide un sac de céramique sur un matelas. Les dents mécaniques descendent. Nous reculons.

— Y'avait tout ça dans la grotte ? demande Swann.

— Ce n'est pas une grotte, c'est notre maison.

Je me tourne vers Octave. Il joue l'ingénu. Swann continue :

— Octave dit que les oiseaux vont revenir dans le colombier.

Je corrige :

— Le pigeonnier.

— Colombier va aussi, dit Octave, c'est la même famille.

— Colombe, c'est la statue ! s'écrie Swann.

— La statue sur l'étang ? je demande.

Elle fait oui de la tête.

— Tu es déjà allée dans une grotte ?

— Non.

— Tu voudrais ?

Elle ouvre grand les yeux. Je réfléchis. Nous sommes à proximité des grottes de Villars. Je sais qu'en Périgord, elles sont les seules à réunir concrétions naturelles et peintures préhistoriques originales. Mon père y avait un peu travaillé, il y a vingt ans. J'en garde le souvenir d'une salle tapissée de concrétions très fines, que mon père appelait la salle des chandelles. Je vérifie sur internet, nous sommes la veille de la fermeture annuelle pendant trois mois.

J'en parle à Véra. Elle s'occupe du papier. Elle marque un temps de surprise, pourquoi pas, et me demande de l'aide avec les affiches. La bâche les a mal protégées. Elles se défont en grumeaux multicolores. Bientôt, nos doigts sont embourbés de pâte. Swann nous tire d'affaire en les frottant avec du carton. Nos cahiers d'école ont durci. Les pages sont devenues friables, leur texture entre celle de l'argile et du parchemin. Heureusement, les livres, qui étaient posés en dessous, sont en meilleur état, nous pouvons encore les donner.

— En fait, c'est quoi ces espèces de mandalas que tu dessinais sur les affiches ? je demande à Véra.

Elle écrit sur un bout de carton, souligne avec provocation :

« C'est pas des mandalas, c'est des fleurs. Des FLEURS qui poussent en HIVER. »

L'espace du dépôt est moins bruyant. Les gens furtifs déplient les habits, soupèsent la vaisselle. Un père de deux enfants récupère nos chaises dès que nous les avons déposées. Une femme demande à Véra s'il y a des mites dans le canapé. Véra caresse le dossier, la gratifie d'un sourire. La femme renifle, puis s'éloigne. À son tour, je vois Véra renifler. Elle caresse le tissu, comme pour le lisser. Swann transporte le plus léger : mes sacs de vêtements. Un scintillement attire mon œil. De l'un des sacs, que je suis sûre de ne jamais avoir vu, une manche dépasse, brodée de strass. J'attends que Swann s'éloigne. Mes costumes de patinage. Roulés avec soin. J'effleure un collant. Il n'a rien perdu de sa douceur, mais s'accroche un peu à mes doigts. C'est ma peau, rendue rêche par le froid. Autour des ongles, elle s'effiloche en crochets minuscules.

— Vous les voulez ?

Une femme me dévisage. Celle remarquée tout à l'heure, aux jambes lourdes. Je replie le collant, dis que je regardais seulement. Elle emporte tout.

Si je pense à la grotte, la foule est dense mais c'était l'été. Aujourd'hui, nous sommes les seuls hormis une famille avec trois enfants. Parking de terre battue. Nos pas s'enfoncent. Le guide humain est remplacé par des audioguides. À côté de la billetterie, un film parle de la formation du sol de la région, ses cavités creusées par les eaux souterraines. La descente dans la grotte se fait par un sentier forestier, ensuite un couloir de pierre éclairé au niveau des pieds. L'audioguide, une voix de femme, nous souhaite la bienvenue dans le ventre de la Dordogne, berceau de la préhistoire. Swann marche devant moi, entre Octave et Véra. Je me sens responsable, je voudrais tellement qu'elle aime l'endroit. Les autres enfants dévisagent les bandages de Véra. Le père leur ordonne de s'en excuser auprès de la dame. Véra n'est pas une dame. Je veux réagir, mais Véra me fait signe que ce n'est pas la peine. Elle joue la momie, les enfants rient, Véra pousse des cris d'animaux, la mère nous demande de faire moins de bruit. L'audioguide intime de ne rien toucher. Octave se penche vers Swann, montre une stalactite drapée sur la paroi, elle hoche la tête. Je souffle à Véra : se rappelle-t-elle notre jeu des stalagmites, quand nous étions petites ? Elle fronce les sourcils. Je détaille, nous crachions par terre, ce qui embêtait notre père, j'évoque le gouffre de Padirac… Elle a un geste de la main, bien sûr, le gouffre elle sait, mais le jeu, elle ne voit pas, et me fait comprendre que je ne dois pas insister. Elle écoute l'audioguide. La découverte des lieux par des spéléologues dans les années 50. J'éteins le mien.

Je reste perturbée. Ce souvenir, Véra l'a-t-elle perdu ? L'ai-je inventé ? Pour moi, il est si lumineux. Mais s'il faut le porter seule, je préférerais l'oublier.

Le boyau se rétrécit, nous devons nous courber. Swann n'a pas besoin de se baisser. À l'embouchure, mon cœur accélère. C'est là. La salle des chandelles. Les concrétions, encore plus nombreuses que dans ma mémoire, translucides. En fait, plutôt que des chandelles, elles m'évoquent la glace.

— C'est quoi ? me demande Swann.

Je sollicite Octave. Il nous donne une explication sur la couleur des stalactites, son rapport à la terre, plus vite l'eau la traverse, moins elle se charge en sédiments, et reste blanche. Dans un clin d'œil, il me donne la parole. Swann me regarde. J'improvise. Je raconte que nous sommes là où se développent les montagnes. Elles mettent un temps presque infini à se former, puis à grandir, car vivre sous le ciel demande une force inouïe. Les plus anciennes percent la surface de la terre, et nous dominent, nous qui vivons à leurs pieds. Je conclus :

— On est comme dans une couveuse.

— Comme pour les poussins ?

Je regarde Octave. Il acquiesce auprès d'elle, puis me chuchote :

— Ils ont des poules à l'école…

Nous arrivons aux parois peintes par les hommes de Cro-Magnon. Notre petit groupe se réunit face à l'une des rares représentations humaines de l'ère préhistorique, je ne m'en souvenais pas, de ce face-à-face entre un homme et un bison. Joyeusement, l'audioguide annonce le terme de cette visite et nous remercie de notre intérêt pour cet espace investi par nos ancêtres il y a 19 000 ans. Swann montre ses dents. Elle dit qu'elle fait les *crocs mignons.* Cette fois, je me force à sourire, un peu tendue par la douleur dans mon bas-ventre, la chaleur humide qui s'est mise à couler, j'ai peur d'une tache, tire sur mon manteau. Je ris à l'intérieur. À chaque cycle, je ne fais pas le lien entre les ballonnements, les fringales, la mauvaise humeur.

En quelques mois, j'avais même oublié ces syndromes prémenstruels.

La porte s'ouvre. Le soleil rasant nous éblouit. Octave et Swann sortent en premier, le groupe se dissout. Ce n'est que maintenant que je m'aperçois de l'absence de Véra. Swann accaparait mon attention. Je reviens en arrière, un coup au cœur.

Elle est dans la salle des chandelles. Sa silhouette de profil, la tête au plafond, lointaine.

— Tu viens ?

Elle me fait signe qu'elle arrive. Je repars lentement, vérifiant que je l'entends derrière moi. Je me retourne en vitesse. Elle effleure une pierre.

La forêt scintille. Swann veut attendre Véra, j'avance avec Octave. Nos mains sont poisseuses à cause de l'humidité souterraine. Il s'enquiert de mon vol pour New York, est-ce que je suis prête ? Et Véra ? Sans trop savoir ce que je dis vraiment, je dis qu'on est là. Que ça ira. Dans la boutique de souvenirs, notre peau est redevenue sèche.

— Décidément, dit Octave, c'est à la peau qu'on sait qu'on retrouve la surface des vivants…

À quelques mètres, Swann et Véra détaillent les fossiles. Swann se hisse à l'oreille de Véra. À son tour, Véra se penche sur celle de Swann. Je vois ses lèvres bouger.

— Véra t'a parlé ? je ne peux me retenir de demander à Swann, au moment de nous quitter.

Elle murmure, juste assez fort pour que j'entende, qu'elle ne peut pas le dire, c'est un secret.

Nous rentrons dans la nuit. Avant tout : allumer un feu. Véra s'en charge pendant mon dernier tour à l'étage, avec pelle et balayette. Il n'y a plus que nos lits dans la maison, si légers sur leurs pattes d'araignées, et celui des parents, encastré dans le plancher. Une guêpe est passée sous la porte, elle gît sur le palier, ailes retournées. Je la dépose sur les autres dans la pelle, puis les mets au compost en me répétant comme un mantra : je ne vous dois rien, papa, Véra, je vous aime et ne vous dois rien, je ne vous dois rien.

L'eau chaude ne dure plus que trois ou quatre minutes. Nous prenons notre douche ensemble, collées dos contre dos. L'eau gicle en flux discontinu. Le plus compliqué, dans l'étroitesse de la cabine, c'est le lavage des cheveux. En levant les bras, nous sommes obligées de nous rapprocher. Mes fesses effleurent celles de Véra.

— Pardon, je murmure.

Véra se rhabille pour la nuit. Elle ne retire pas son soutien-gorge. Je m'inquiète de la compression de ses glandes mammaires. Elle secoue la tête : je me fais trop de souci. Je n'avais pas remarqué combien nos cheveux se ressemblent quand je ne les tire pas en queue de cheval. Ils ont la texture du coton hydrophile.

J'ai descendu nos couvertures, les enroule sur celle de survie. Nous passons la soirée dans ce nid, à faire fondre les restes de fromage sur du pain frotté à l'ail. La graisse provoque de petits feux d'artifice. L'odeur des châtaignes finit par remplacer celle du fromage. Je caresse leur peau douce, me laisse réconforter par la bouillotte que Véra m'a préparée pour mon ventre. Elle se brosse les dents. Je m'étends. Mon téléphone vibre. Irvin.

Je lui manque. Il sera là demain.

Je rédige plusieurs brouillons, avant de répondre :

« *Tomorrow it's Pickle day !* »

Les fourmis passent près de mon visage. Je pose un verre en travers de leur file. Les premières butent contre l'obstacle, mais très vite la file se réorganise et le contourne. Derrière la courbe transparente, elles deviennent monstrueusement géantes puis reprennent leur taille d'origine. Je retire le verre, et leur barre le passage avec une main à plat. Cette fois, elles ne cherchent plus de déviation. La première monte sur mon doigt, suivie des autres, elles se passent le chargement le temps de l'escalade et font de même sur tous mes doigts, leur corps comme les perles d'un bijou très fin.

Plus tard, le corps de Véra étendu en travers de la couverture, je dois me caler. Il n'y a plus de braises mais je transpire. Nous sentons la fumée. Le lard. Je me relève pour changer de vêtement. La fenêtre ferme mal dans la cuisine. J'essaie de la cloisonner. Un animal crie. Le ciel est à l'orage. Vent dans les aulnes glutineux. Il ne fait pas si froid pourtant. Le mal de ventre s'est accentué. Je réchauffe la bouillotte. Véra ne transpire pas, elle. Son corps est un roc. Elle m'a fait de la place. Elle se tient en boule, genoux contre la poitrine. J'essaie de me rendormir. Après un moment, je sens de minuscules secousses dans mon dos. Je me retourne, touche son épaule. Ma main redevenue chaude, sèche. Les secousses se brident, et repartent, plus saccadées. Véra se recroqueville. Je caresse sa joue. Elle ruisselle. Je descends mon bras au creux de ses hanches, serre sans comprimer. Véra déplace mon bras sur son ventre, et tient ma main.

Nous sommes restées une éternité ainsi. Une respiration ample a remplacé les spasmes. La main de Véra est retombée. Elle repose près de son cou. À la fenêtre, la pluie crachote.

14 NOVEMBRE

Fin du matin, soleil pâle. Le vent a recouvert de feuilles la statue, sa peau granuleuse, seul son visage émerge, penché sur l'eau. Véra et moi sommes agenouillées au bord de l'étang, à nous demander si nous rêvons. Juste sous la surface, des plantes s'entrelacent. Elles ont la forme du trèfle, la taille d'un visage. Nous n'avons jamais vu ça dans cet étang. Le vert éclate, si vif qu'au-dessus de la tourbe, il paraît phosphorescent. Reflet des arbres nus. On dirait qu'ils font l'essayage des feuilles du printemps.

Véra se redresse. Soudain, à l'endroit précis où la statue a fixé son regard, l'eau se brouille, et la clé de notre maison s'enfonce, à peine ralentie par la fresque des feuilles, qui ondulent sous l'onde concentrique, toujours plus grande, jusqu'aux rives, jusqu'à faire trembler l'image du château sur la colline.

Dans les contes de mon père, l'étang noir ne reflétait rien, pas même les astres. Je sais bien qu'il inventait. Toute forme d'eau dans la lumière réverbère l'univers. L'apparition de ces feuilles est si troublante que dans un même geste, Véra et moi levons la tête et regardons les arbres, la colline, le château, vérifiant leur présence.

Je me redresse aussi. Ma sœur prend ma main. Je ne sais pas si elle s'accroche ou cherche à me soutenir, mais à cet instant précis, je suis certaine que nous pensons la même chose : maintenant, il faut s'en aller. Retourner dans la maison. Prendre nos valises, nous enlacer sur le perron, avant de partir dans les sens opposés en bas de la pente. Pour la dernière fois, nous fermerons la porte. Il faudra descendre, laisser derrière nous cette maison sans verrou, sans volets ni rideaux. Notre maison n'est pas une ruine. Elle ne le sera jamais. Ses pierres continueront d'être ce qu'elles ont été : un abri. Et alors que nous y allons, l'étang réfléchit le pigeonnier comme un phare, tenu par ceux vers qui l'on se retourne encore pour dire adieu.

Achevé d'imprimer
en septembre deux mille vingt-trois
sur les presses de CORLET,
à Condé-sur-Noireau, France,
pour le compte des Éditions Zoé
Composition CW Design, Belgique

PEFC 10-31-1510 / Certifié PEFC / pefc-france.org

IMPRIM'VERT®